예쁘게 울긴
글렀다

예쁘게 울긴 글렀다

넘치지 않게,
부족하지 않게
우는 법

김가혜 지음

와이즈맵

눈 아래 점 때문이라고 했다

어릴 때부터 눈물이 많은 내게 할머니는 눈 아래 점 때문이라고, 그게 눈물을 먹고 크는 '눈물점'이어서 그런 거라고 했다. 눈 아래 점이 있으면 눈물이 많다는 말은 믿거나 말거나였지만, 점이 눈물을 먹고 큰다는 말은 맘에 걸려 펑펑 울고 나면 거울 앞에 섰다. 오른쪽 눈 아래 점막에 있는 점을 한참 들여다보고 있으면 정말 점이 전보다 더 커진 것 같았다.

어느 날 거울을 보니 눈 아래 토끼똥만 한 점이 매달려 있는 건 아닐까 걱정됐지만, 그렇다고 눈물이 줄진 않았다. 타고난 게 있다면 눈물이라고 믿을 만큼 많이 울었다. 할 말이 많든, 할 말을 잃든, 말보다 눈물이 앞섰다. 어떤 이는 갈색 머리로 태어나는 것처럼, 어떤 이는 울보로 태어나는 거니까.°

옛날 로마와 이집트에는 눈물을 모으는 병이 있었다고 한다. 왕족이나 귀족은 유리병에 장식을 더한 것을 쓰고, 가난한 사람들은 토기로 만든 것을 썼다. 평소 울 일이 생기면 눈물을 모아 잘 보이는 곳에 두었다가 가족이나 친척에게 좋지 않은 일이 생기면 사람들은 그것을 챙겨 모였고, 누군가 죽으면 함께 매장했다. 만약 그 시대에 태어났다면 나는 가난했든 아니든 간에 집안 벽면 하나를 눈물병으로 채웠을 거다. 동네 사람들이 수군댔겠지, 저 집은 여자가 눈물이 많아 살림이 엉망이라고.

어쩌면 눈물점을 갖고 울보로 태어난 자의 숙명일지도 모르겠다. 종종, 그리 뜸하지 않게 주변 사람들의 '눈물받이'가 되는 걸 보면. 먼지가 뽀얗게 쌓인 내 방바닥에서 양다리를 마름모꼴로 한 채 한참을 울었던 한 친구는 이런 말을 했다.

"너랑 있으면 꼭 화장실에 있는 것 같아. 밑바닥을 드러내."

화장실 같은 친구라…… 어감이 좋진 않다. 하지만 금방이라도 눈물이 터질 것 같을 때 몸을 숨기는 곳이 화장실인 걸 생각하면 싫지만은 않다. 누군가에게 숨어서 울 수 있는 사람이 된다는 건 엄청 큰 사람이 된 것처럼 뿌듯한 일이다.

∘《어떤 이는 갈색머리로 태어나고 어떤 이는 외롭게 태어난다》, 타오 린, 푸른숲, 2012

이 책은 나의 눈물과 내 주변 사람들의 눈물을 모은 이야기다. 내게는 종이로 만든 눈물병이 될 것인데, 욕심을 내자면 내 글을 읽는 누군가의 눈물병이 되었으면 한다. 눈물이 나는 사람은 눈물을 담고, 눈물이 필요한 사람은 덜어 쓸 수 있도록.

날 위해 울어준 가족들과 내게 와서 울어준 친구들에게 고마움을 전하고 싶다.

차례

2장 우는 것도 연습이 필요해

3장 예쁘게 울긴 글렀다

4장 눈물엔 눈물만 한 위로가 없다

1장

천 마디 말이 모여
한 방울 눈물이 된다

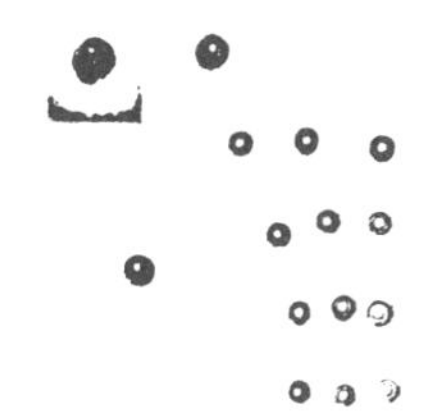

여기서 우시면 안 돼요

겨울의 한가운데를 지나던 1월의 어느 날, 신사역 사거리에서 택시를 타고 가다 도로에 주저앉아 울고 있는 여자를 보았다. 기사님이 여자의 옆으로 차를 세우며 물었다.

"아가씨, 왜 그래요?"

하지만 여자는 들리지 않는 듯했다.

"아가씨, 여기 위험해요! 아가씨!"

소용없는 외침이었다. 그녀는 자신의 방에 혼자 있는 것처럼, 아무 소리도 듣지 못한 채 서럽게 울고만 있었다. 다행히 사거리 한복판에서는 공사가 한창이라 지나는 차량들의 속도가 더뎠고, 차량 진행을 안내하던 안전요원이 여자를 발견하고 다가왔다.

기사님이 차를 다시 출발하며 한숨을 쉬었다.

"저러다 큰일 나요."

맞는 말이다. 버스 같은 높은 차량이었다면 그녀를 못 보고 지나'쳤을' 수 있었다.

"사고라도 나면 친 사람은 또 뭔 죄야? 보니까 술에 많이 취했네. 아가씨들 술 취하면 정말 골치 아파요."

동행한 사람이 "경찰서로 가는 수밖에 없죠."라고 하자 기사님은 고개를 가로젓는다. 그 날 영업 손해는 어쩔 거냐, 까딱 잘못 하면 성희롱으로 오해 살 수도 있다, 이어지는 푸념에 우리는 입을 다물었다. 사연 모르는 여자의 편을 들기에는 목적지까지 남은 거리가 꽤 길었다.

불편한 침묵을 피해 창밖을 내다보는데 자꾸만 여자의 모습이 어른거렸다. 분명 모르는 사람인데 어디서 본 듯한, 서럽고 서러운 여자. 영화 〈밀양〉 포스터 속 전도연처럼, 무슨 사정인지 잘 알지도 못하면서 내 안의 무언가가 올라와 함께 서러워졌다. 발걸음을 멈추고 "무슨 일이에요?"라고 물었어야 하지 않았을까, 한기가 올라오는 차디찬 시멘트 바닥에 앉아 서럽게 우는 모습에 엉덩이가 시리고, 얼굴이 따가워졌다.

똑똑똑.

똑똑.

똑똑똑.

똑똑.

"저기, 죄송한데요……."

말소리에 문을 반쯤 열자 곤란한 얼굴의 여자가 보였다.

"죄송한데요, 여기서 우시면 안 돼요. 지금 공연이 시작해서요."

허옇게 질린 여자의 얼굴을 보니 대충 상황이 짐작됐다. 내가 있던 곳은 소극장 입구 옆 화장실. 공연이 시작됐는데 어디선가 서럽게 곡을 하는 소리에 배우도, 관객도 의아해 하며 두리번거리고, 극장 스태프들은 기겁해서 소리의 진원을 찾아다녔을 터였다. 나는 붙들고 있던 휴대전화를 주머니에 넣으며 도망치듯 그곳을 빠져 나왔다.

이건 뭐 바람핀 남친 때문에 충격 받아 남자 화장실에서 울던 드라마 속 주인공도 아니고, 한 서린 처녀귀신처럼 소극장을 울린 여자라니. 이런 민폐가 없다. 화장실 문을 두드리던 그녀는 무슨 생각을 했을까? 문이 닫혀 있는 화장실 칸 안에서 한 여자가 울면서 통화하고 있다. 나의 의무는 여자를 최대한 빨리 끌어내는 것, 하지만 그 목소리가 너무 서럽다. 내 기억에 화장실 문을 두드리던 그녀의 주먹엔 별로 힘이 들어가 있지 않았다. 방해하고 싶지 않고 놀라게 하고 싶지 않은, 최소한의 신호만 보내던 소리였다.

그날 나를 울린 건 그날 처음 본 사람이었다. 공짜로 공연을 보고 어딘가에 내 글을 지속적으로 올릴 수 있다는 말에 시작한 공연 리뷰. 그녀와 나는 그날의 취재 파트너였다. 공연 시작 30분 전에 만나기로 했는데 생각보다 오래 걸린 이동 시간에 늦을 것 같아 전화를 걸었다. 그런데 돌아오는 반응에 순간 귀를 의심했다. 나는 '죄송해요'라고 했는데 상대는 '아, 됐어요'라고 했다. 이어지는 전화 끊는 소리, 뚝. 공연장 앞에서 다시 한 번 "늦어서 죄송합니다." 라고 해봤지만 눈 한 번 마주치지 않던 그 사람의 답변은 같았다. "아, 됐어요!" 숨을 조금만 크게 들이켜도 어깨가 닿는 좌석에 나란히 앉아 있으려니 숨이 막혔다. 그 상태로 공연을 볼 순 없었다.

"저기, 늦어서 죄송한데요. 이렇게까지 하실 일은 아닌 거 같은데요?"

그녀가 고개를 내 쪽으로 돌렸고, 처음으로 눈이 마주쳤다. 얼마나 화가 났는지 눈동자의 초점이 흐렸다.

"됐고, 공연이나 봐요."

아까부터 '완료형' 대답만 하는 그녀는 이내 시선을 돌려 텅 빈 무대를 노려봤다. 화가 잔뜩 들어간 날숨이 그대로 느껴지는 옆자리. 극장 안의 공기는 온전히 그 사람 것인 마냥 숨이 달렸다. 그대로 있다가는 기절할 것만 같아 자리에서 일어나 문을 열고 나갔다. 그리고 곧장 화장실로 들어갔다.

문을 걸어 잠그고 휴대전화를 꺼내 연락처를 뒤졌다. 이 납득되지 않는 상황을 납득시켜줄 사람을 찾았다. 공연 리뷰를 맡기면서 이 사람과 짝을 지어준 사이트 운영자. 그는 이전에 같이 작업했던 사람들이 약속을 너무 안 지키는 것에 학을 떼서 그런 것 같다며, 나쁜 사람은 아니라고 했다. 그리고 리뷰는 자기가 알아서 할 테니 오늘은 그냥 들어가라고, 미안하다고 했다. 그로서는 최선을 다한 배려였다. 하지만 나쁜 사람은 아니라는 말에 설움이 터졌다. 아무리 그래도 오늘 처음 보는 사람한테 그게 무슨 매너냐며, 수화기 너머로 그녀를 나무라는 말이 나오기를 기다리며 나를 변호하고 또 변호했다. 그런데 그때 문을 두드리는 소리가 들렸다.

똑똑똑.

순간 멈칫했다. 갑자기 누구지? 말도 못하고 눈만 끔뻑끔뻑거리다가 내가 울고 있는 곳이 화장실이란 사실을 깨달았다. 울던 얼굴로 나가기가 무안해 일단 버티기로 하고 똑똑, 노크로 대신했는데 다시 똑똑똑. 다시 똑똑. 몇 초간의 정적 후 목소리가 들렸다.

“저기요, 죄송한데요…….”

극장에 가면 공연 시작 전, 관람 에티켓을 알려주는 시간이 있다. 극의 분위기에 따라, 안내하는 사람에 따라 멘트는 달라지지만 주의사항은 같다. 핸드폰은 끄거나 비행 모드로, 공연 중 잡담과 촬영은 금지 같은 것들. 내가 화장실 안에서 사람 사이의 예의를 따지며 우는 동안 화장실 밖에서는 공연 시간에 시끄럽게 우는 예의 없는 관객을 찾는 소동이 벌어진 그날 이후, 나는 그 공연장에 이런 안내도 추가되지 않았을까 생각했다. ‘공연 중에 개인적인 사정으로 통곡할 일이 생긴 관객은 비상구를 따라 나가주세요’ 혹은 화장실 변기에 앉았을 때, 휴지는 쓰레기통에 넣어달란 말과 함께 이런 문구를 마주하게 되는 것이다. ‘흡연은 물론이고 통곡도 금지’

휴대전화도, 담배도 아닌 눈물을 때와 장소와 상황에 따라 조절하기란 때로 너무 어렵다. 그저 그때, 그 장소에서, 그 상황에도 불구하고 눈물이 터진 것 뿐인데. 남들 앞에서, 그것도 모르는 사람들의 시야에서 울고 싶어 하는 사람은 없으니 말이다. 신사역 사거리 한복판에 주저앉아 울던 여자, 나는 그녀가 차도 대신 인도에서 울었으면 했다. ‘끌어내는 손길’이 아니라 ‘일으키는 손길’을 느꼈으면. "여기서 이러시면 안 돼요."라는 주의가 아닌 "괜찮아요?" 라는 질문을 받았으면. 그리고 이런 공상도 해본다. 그녀 곁에 바람도 막아주고 우는 얼굴도 가려줄 커다란 표지판을 세워줬으면 어땠을까? 거기엔 이렇게 쓰여 있을지도 모르겠다.

'통곡 중. 통행에 불편을 드려 죄송합니다.'

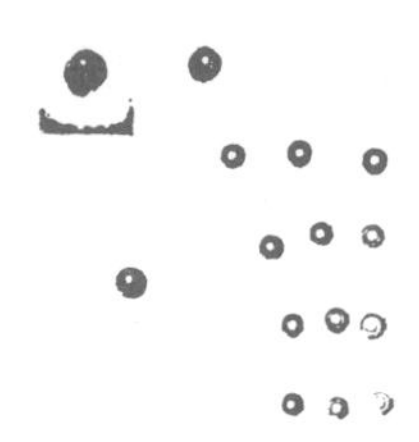

눈물 따위 엿이나 먹어라

“기억 안 나.”

다 같이 짠 듯한 대답이었다. 마지막으로 운 날이 언제냐고 물었을 때, 대부분의 남자들은 그렇게 말했다. 청문회에 증인 출석한 것도 아니면서 불리한 진술은 어떻게든 피하려는 사람처럼. 때로 그 대답이 너무 성의 없게 들려 기운이 빠졌고, 남자들은 정말 일생 동안 세 번만 울어야 한다는 출처 모를 옛말에서 자유롭지 못한 건가 안쓰러웠다.

P도 처음엔 비슷했다.

“그러게, 언제더라? 제대하고 나서 〈네 멋대로 해라〉 보다가 운 건 기억나는데…… 왜 복수가 불치병에 걸리고 나서 아버지한테 밥 차려주고 대문 밖에 나와 울 때, 그리고 엄마 찾아가서 발 닦아줄 때. 보면서 엄청 울었네."

영화나 드라마를 보면서라면 모를까, 성인이 된 후로 개인적인 일로는 운 기억이 없다고 했다.

"군대에서도 안 울었어요? 군대에서 한 번씩은 운다던데. 애인한테 뻥 차이거나, 악마 같은 선임을 만나거나, 전에 없던 효심이 일거나 하는 이유들로."

"아, 난 안 울었어. 작정하고 울리는 시간이 있긴 했지. 엄청 빡세게 훈련시키고 나서 다같이 〈어버이 은혜〉를 부르게 하는 거야. 진짜 너나 할 것 없이 눈물, 콧물을 쏟는데, 나는 눈물이 안 나더라. 너무 유치하잖아, 그렇게 분위기를 모는 게. 내가 불효자라 그런가?"

P는 '존속 관계'라면 뒷걸음질부터 쳤다. 그에게 '아름다운 구속' 같은 건 구속당할 소리지 아름다운 말이 아니었다. 책임지고, 관여하고, 희생과 죄책감은 기본인 그런 관계. 그래서 고양이랑은 살아도 개랑은 못 살았다. 비 오는 날 편의점 앞에서 발견한 새끼 고양이들을 살리려 사방팔방 뛰어다니다 결국 숨이 다한 그 작은 것들을 뒤로 하고 돌아오는 길에는 엉엉 우는 남자였지만, 혈연이든 혼인이든, 촌수로 얽히는 인간관계 속에서는 울지 않았다.

P는 자신과 부모님 사이엔 '계산이 끝났다'고 했다. 부모의 유산 같은 건 기대도 않거니와 부모 역시 자식에게는 뭔가 기대할 수

없다고. 언젠가 이사 경비를 너무나 당연하게 보태라는 부모님께 그럴 돈이 없다고 하자(당시 그는 반지하 원룸에 살고 있었다), 어머니는 장부 하나를 꺼내셨다고 한다. 거기엔 지금까지 아들을 키우며 쓴 돈과 아들이 자신들에게 들인 돈, 그러니까 부모 자식 간의 입출 내역이 상세히 기록돼 있었다. 어머니는 "이번 이사 경비만 보태면 우리 사이의 계산은 끝나"라고 말씀하셨다. 그는 있는 돈, 없는 돈을 끌어 모아 경비를 보탰다. 이것이야말로 플러스, 마이너스 제로의 상태. 계산 끝, 행복 시작!

그 후 부모님의 여행 경비를 함께 내자는 형의 제안에 잠시 고민했지만 ("너무 당연하게 말하니 고민이 되더라고"), 때마침 구입한 마루야마 겐지의 《인생 따위 엿이나 먹어라》를 읽으며 마음을 다잡았다.

"첫 장을 펼치니까 '부모를 버려라, 그래야 어른이다'라고 쓰여 있는 거야. 운명 같았지."

하지만 살갑지 않을 뿐, 그는 불효자는 아니었다. 단적인 증거로 두 번의 명절과 부모님의 생신을 챙기는 아들이었다. (다시) 결혼할 생각이 없으며, 그러므로 손주를 안겨드릴 가능성이 없는 게 부모 입장에선 불효란 것인데, 그는 하고 싶지 않은 일을 부모를 위해 억지로 할 생각은 없어 기꺼이 불효자가 된 듯 보였다.

얼마가 지나고, P는 한동안 잊고 살았던 기억이 떠올랐다고 했다. 마지막으로 울었던 날, 정확하게는 다시는 울지 않겠다고 다짐했던 날.

"초등학교 4학년 때인가, 방학이라 집에서 낮잠을 자고 있었어. 엄마가 방에 들어와서 깨우더라고. 그때 책상 위 시계를 봤는데 오후 두 시였던 게 아직도 생생해. 평소와 다를 게 없었지만 그날따라 엄마 행동이 어딘가 이상했지. 나를 앉혀 놓고 지금부터 당신이 하는 얘기를 잘 들으라고 하더라."

어머니의 긴 이야기는 한 문장으로 요약이 가능했다. 형제 중에서, 그만 엄마가 다르단 것. 그제야 많은 의문이 풀렸다. 왜 큰형은 자신을 그렇게 미워하는지, 자신에겐 다정한 누나가 왜 엄마한테는 싸늘하게 구는지, 가족이 다 함께 모인 자리는 왜 늘 분위기가 어색했는지. 이유를 알 수 없어 넘겼던 순간들이 왜 그렇게 찜찜한 기분을 남겼는지도 말이다. 어머니는 지난 십수 년의 설움을 토해냈다. 애 셋 딸린 남자한테 시집온 여자의 설움이었다. 너희 형이 나한테 이렇게 모질게 굴었다, 네 누나가 나한테 이런 험한 말도 했다…… 어머니는 그렇게 몇 시간을 우셨고, 우는 엄마 앞에 앉아 그도 같이 울었다.

모든 것이 명확해진 동시에, 모든 것이 무거워진 순간. 사실을 알아버린 이상 절대 이전으로 돌아갈 수 없었다. 한참을 울고 난 열한 살의 그는 두 가지를 결심했다. 최대한 이 집을 빨리 나가자, 그리고 다시는 울지 말자.

"독립이야 그렇다 치고, 울지 말자는 건 왜?"

"죄책감이 들더라고."

어머니가 방을 나가고 얼마 지나지 않아 P는 엄마와 함께 운 것을 후회했다. 어렸지만, 어렴풋하게나마 알고 있었다. 이 집에서 상처 받고 힘든 사람은 어머니 혼자가 아니란 것, 어머니와 당신의 유일한 혈육인 자신만이 불쌍한 게 아니란 것을. 어머니를 미워하고 자신을 미워하는 형제들 역시, 어쩌면 어머니와 자신보다 먼저, 더 깊게 상처 받았을 것이었다. 서로가 서로에게 상처가 될 수밖에 없는 관계. 어떤 사람은 '존재'만으로도 상처를 줄 수 있다는 걸, 자신이 그런 존재란 걸 그는 그때 알았다. 자신은 공범이었다. 어머니가 세상에서 가장 가련한 여인처럼 울 때, 어머니가 불쌍하고 자신도 불쌍해 같이 울던 모습이 너무나 부끄러웠다.

그는 기를 쓰고 집을 나왔고, 울지 않았다. 울고 나서 죄책감을 느끼는 일 따위 다시는 겪고 싶지 않았다. 누군가를 함부로 연민하는 건 다른 누군가를 함부로 가해자로 만드는 일이었다. 그래서 그는 자신도, 가족도, 그 누구도 함부로 연민하며 울지 않았다.

이제는 울지 않기 위해 애쓸 필요도 없을 만큼, P는 관계에 초연해 보인다. 애쓰는 게 있다면 인생 따위 엿이나 먹으라는 무라야마 겐지의 인생론처럼 살기 위해 노력한다는 것이랄까? 가족은 해산시키고, 국가에 분노하며, 신 따위는 개나 줘버리고, 애절한 사랑 따위 같잖아 하며, 인생을 멋대로 살아가기 위해. 그나저나 그가 불효자인가? 내가 보기엔 그렇지 않다.

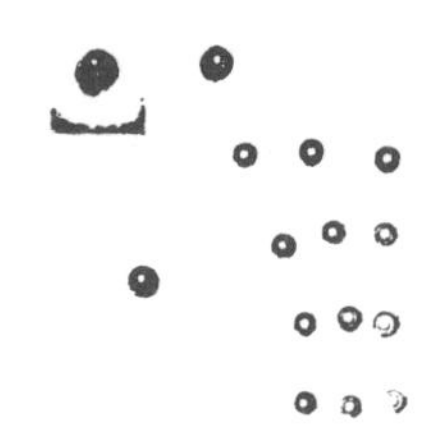

아무리 슬퍼도 배는 꺼진다

인간은 아무리 슬퍼도 배는 꺼지는구나

영화 〈심야식당2〉 첫 번째 에피소드에 나오는 대사다. 이 인생 불변의 법칙을 스무 살, 첫사랑에게 대차게 차인 후 동네 해장국집에 혼자 쭈뼛거리며 들어가기 전에도 이미 나는 알고 있었다. 정말이지 인간은 아무리 슬퍼도 배가 꺼진다.

고3 때 할머니가 돌아가셨다. 갑작스러운 일이었다. 그날 낮까지도 할머니는 밭일을 했고, 마지막으로 본 저녁 식사 자리에서도 여느 때와 다름없이 목소리가 컸다. 그런데 얼마 전 태어난 조카를 보기 위해 새언니의 친정에 간 동안 일이 벌어졌다. 오빠가 전화를 받고 갑자기 자리를 뜰 때만 해도 이상하다는 생각은 하지 못했다. 술 좋아하는 친구 아니면 빚쟁이겠거니 했다. 오빠와 치킨을 기다리다 깜빡 잠이 들었는데, 꿈인지 생시인지 알 수 없는 이야기가 들렸다.

"가혜야, 할머니 돌아가셨대."

믿을 수 없었다. 분명 몇 시간 전에 나를 반겨준 할머니였다. 갑자기 돌아가시다니, 누군가의 고약한 거짓말이 틀림없었다. 하지만 새언니는 곧 택시를 불렀다. 집까지 가는 십여 분 동안 계속 울었다. 몇 시간 사이에 삶과 죽음이 갈릴 수 있다는 걸 처음으로 알게 된 순간. 아무도 예상하지 못했기에 누구도 대비하지 못했던 일이었다.

"자가 완 일로 왔노?"

집에 온 나를 보고 할머니가 이상하게 여기며 한 말이었다. 이상할 수밖에 없었다. 당시 나는 학교 앞에서 하숙 중이었고, 몇 주에 한 번, 주말에만 얼굴을 비췄다. 집에 가서도 할머니 곁에 있는 시간은 얼마 되지 않았다. 어릴 땐 할머니 껌딱지였지만, 사춘기 이후로는 비상금이 필요할 때만 애교를 떠는 손녀였다. 평일이던 그날 저녁 집에 간 건 급식비 때문이었다. 학교에서 급식비 신청 현황을 가정 통지서로 보냈다는 이야기를 듣고 급하게 우편물을 챙기러 간 날. 시간이 많이 흐른 뒤 생각했다. 그날 할머니와 마지막 저녁 식사를 하기 위해 나는 그렇게 급식비를 떼먹었나 보다.

택시에서 내렸을 때, 집은 이상하리만치 고요했다. 거실에 오빠가 멍하니 앉아 있었다. 집에 계시던 친척 할아버지의 말을 들어보니 할머니가 부엌에서 갑자기 쓰러졌다고 했다. 얼마나 지났을까, 마당에 응급차가 들어왔다. 할머니는 응급차에서 누운 채로 내렸다. 미동 없이 거실 한쪽에 누워 있는 할머니의 모습에 나는 몸이 굳었다. 그런 나를 보고 오빠는 할머니에게 다가가 팔다리를 주무르기 시작했다.

"와서 할머니 만져봐. 아직 따뜻해."

오빠의 말대로 할머니 몸엔 아직 온기가 남아 있었다. 흔들어 깨우면 일어날 것도 같았다. 평소처럼 큰 목소리로 욕을 섞어 나무랄 것만 같았다. 하지만 할머니는 너무 깊이 잠들어 있었다.

오빠와 나는 할머니 손에 컸다. 오빠는 외손주, 나는 친손주였지만 친남매처럼 컸다. 아들을 귀하게 여기는 할머니의 반찬 차별에 서러워하며, 툭하면 때리고 괴롭히는 오빠에게 복수할 날을 기다리며. 나보다 더 할머니를 좋아했던 오빠는 결혼 전까지 할머니의 가슴을 만졌는데, 할머니는 징그럽다면서도 그 손을 뿌리치는 법이 없었다. 자신이 키운 손주가 장가를 가고, 손주 색시의 배가 커져가는 모습을 보며 할머니는 '죽을 날' 소리를 입에 달고 지냈다. 그러면서도 미련이 있다면 내가 시집가는 모습을 보고 싶다고 했다.

당시 할머니는 내 걱정이 많았다. 고등학교에 가서 성적이 뚝 떨어졌단 얘기를 고모에게 듣고 나서였다. 하루는 정말 걱정스럽다는 듯이 내게 말했다.

"니 반에서 꽁찌라매?"

'꼴찌라니? 내 뒤에 무려 10명이나 있는데'라고 했다가는 머리털이 남아날 것 같지 않아 "아니야." 하고 자리를 떠버렸다. 부모에게 버림받은 손녀가 시집갈 수 있는 방법은 공부밖에 없다고 생각한 할머니였다.

할머니가 생각하는 말 그대로의 꼴찌는 아니었지만 대학 갈 길이 막막한 건 사실이었다. 그래서 생각한 게 대학에서 주최하는 문예대회였다. 수상 경력으로 특기자 전형에 지원할 수 있는 대회. 나는 할머니에 관한 이야기를 썼고, 예선에 통과해 본선 대회를 기다리고 있었다. 그런데 대회 전날 밤, 할머니가 돌아가셨다.

고모는 내게 대회를 포기하면 안 된다고 했다. 할머니가 바라는 건 내가 대학에 가는 거라고, 그러니까 다녀오라고. 결국 눈이 퉁퉁 부은 채로 버스터미널로 향했다. 어떻게 서울에 갔는지, 어떻게 대회를 치렀는지, 글쓰기 주제가 뭐였는지 아무 기억도 나지 않는다. 대회가 끝나고 받은 상장에 '입상'이라고 쓰여 있던 것만 기억났다. 집으로 돌아오는 버스 안에서 함께 대회에 나갔던 친구에게 이런 질문을 한 것 같기도 하다.

"넌 지금 당장 울고 싶은데 못 운 적 있어?"

친구의 답변 역시 기억나지 않았다. 질문에 한참을 고민하고, 부드러운 표정으로 날 보며 위로 섞인 이야기를 해줬던 분위기만이 떠오를 뿐이었다.

대회를 마치고 돌아온 집은 시끌벅적했다. 활력마저 도는 듯했다. 이런 게 잔칫집이라는 걸까? 할머니가 세상을 떠났는데 다들 뭐가 그리 신나는지 한쪽에서는 고스톱을 치고, 한쪽에서는 술을 거나하게 먹은 누군가가 쩌렁쩌렁하게 자기 이야기를 떠들었다. 멀뚱하게 서있는데 어린 시절부터 나를 본 고모의 지인이 반가워하며 뛰어나왔다. 어젯밤 할머니가 누워 있던 자리에는 영정 사진이 놓여 있었다. 뭘 할지 몰라 또 우두커니 서있는데, 그 분이 내 등짝을 힘껏 때렸다.

"참지 말고 울어!"

하지만 그날 나는 울지 않았다. 남들 앞에서 울지 말라는 고모의 가르침이 제대로 통한 날이었다. 세상에서 가장 불쌍한 아이를 보는 듯한 어른들의 눈빛이 부담스러웠고, 등짝 스매싱은 눈물이 쏙 들어갈 만큼 아팠다. 슬픔보다 불편함이 컸고, 눈물샘보다 통각 자극이 빨랐다.

본 적 없는 잔칫집 분위기 속에서 장례 기간 동안 아무것도 먹지 않았다. 그렇게 이틀이 지나고 할머니를 묻으러 갔다. 태어나서 처음으로 하관을 보던 날, 땅이 꺼지는 언저리에 아슬아슬하게 주저앉은 어른들이 통곡을 했다. 나는 그들처럼 목청껏 울지 못했다. 그건 내가 할 수 있는 성질의 것이 아닌 것만 같았다. 그렇게 남 일처럼, 어른들을 지켜보고 땅 밑으로 내려가는 할머니의 관을 보았다.

꺼져 있던 땅에 관이 들어가고, 봉긋한 무덤이 올라왔다. 모든 것이 끝났다. 그때 어디서 맛있는 냄새가 났다. 육개장이었다. 어른들은 고생 많았다고 서로를 격려하며 육개장에 밥을 말아 후루룩 후루룩 들이켰다. 며칠간 멈춰 있던 위장이 꿀렁거리는 바람에 나도 구석에 앉아 육개장을 한 숟갈 떠먹었다. 그런데 못 믿을 일이었다. 지금까지 먹어본 모든 고깃국 중에 가장 맛있는 육개장이었다. 며칠을 굶다시피 했으니 그럴 만했지만 혀에 닿는 달착지근한 고기 국물의 맛이, 그 뜨끈한 목넘김이 그렇게 맛있을 수가 없었다. 그리고 배가 든든해지면서 드는 안정감에 순간, 죄책감이 들었다. 할머니는 차가운 땅 밑에 있는데 나는 뜨거운 고깃국을 먹고 있었다. 마음 같아서는 한 그릇을 더 먹고 싶었지만, 아쉽게 숟가락을 내려놨다.

그로부터 10년이 지나고 어느 날. 오빠 부부와 잔을 기울이다 나는 그날의 육개장 맛을 고해성사 했다. 그런데 그 육개장을 맛있게 먹은 죄책감이 목구멍에 걸려 있던 사람이 또 있었다. 오빠였다.

"난 육개장 좋아하지도 않거든. 근데 그게 너무 맛있는 거야."

한 그릇 더 먹고 싶었지만 그러지 못했다는 것도 나와 같았다. 남매는 그렇게 육개장에 대한 추억(과 죄책감)을 공유했다.

사랑하는 사람의 죽음을 처음으로 경험하면서 내가 알게 된 건 삶과 죽음의 한 끗 차이나 떠나보낸 후의 애도 의식 같은 게 아니었다. 인간은 아무리 슬퍼도 배는 꺼진다는 것. 면도칼을 손목에 댈 정도로 상심이 컸던 첫사랑의 실연 후, 속 쓰림을 못 견디고 동네 해장국집에서 선지 해장국을 먹던 날, 그 사실은 더욱 명료해졌다. 누군가를 잃었을 때, 우리에게 필요한 건 뜨끈한 고깃국이다.

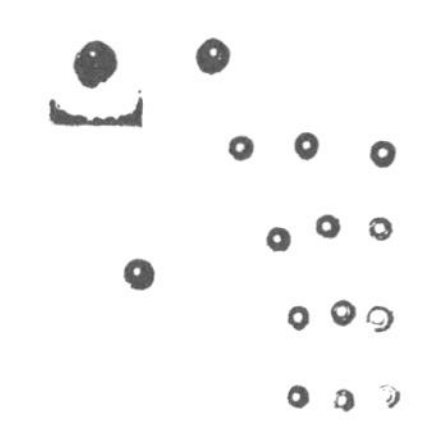

대낮에 한 이별

헤어지던 날, 우리는 건대입구역에서 만났다. 남자가 정한 장소였다. 무슨 첩보 영화처럼 나는 2호선을 타고, 그는 7호선을 타고 와서 환승 구간에 있는 벤치 앞에서 마주섰다. 30센티미터 정도 떨어져 앉아 나는 두서없이 말을 쏟아냈다. 말이 끊어지는 순간 정말로 끝날 것만 같아서, 다시는 이 남자를 못 볼 것 같아서 무슨 말이라도 해야 했다.

여러모로 똑똑한 사람이었지만, 그는 나와의 이별에도 똑똑했다. 탁 트인 지하철역 환승 구간은 감정적이지만 사람들의 눈을 무척 의식하는, 잘 울지만 누가 쳐다보면 숨기 바쁜 여자와 이별하기에 최적의 장소였다. 사람들이 우르르 지나갈 때마다 기회를 달란 말은 공중에 흩어졌고, 힐끔거리는 시선을 피하다 그의 팔을 너무

쉽게 놓아버렸다.

남자는 다시 7호선을 타고 집으로 갔다. 온 길을 되돌아갈 것이라고, 너도 그러라고 했다. 나를 만나기 전의 자신으로 돌아갈 거란 말처럼 들렸다.

며칠째 연락이 닿지 않는 그를 만나기 위해 집 앞에 찾아갔을 때, 내가 양팔로 그의 목을 감으면 그는 스르르 내 팔을 풀었고, 그의 양팔을 잡아 내 목에 두르면 그는 또 스르르 풀었다. 그러기를 수차례. 이제 그만 집에 가보라는 사람에게 나는 세상에서 가장 쪽팔린 마지막 인사를 했다.

"저기 정말 미안한데…… 나 택시비 좀."

어이가 없었을 거다. 얘는 끝까지 뻔뻔하구나 생각했겠지. 내게 헤어지자고 했던 날, 왜 그랬냐는 물음만 반복하면서 남자는 흐느껴 울었다. 그리고는 며칠간 연락이 되지 않았다. 시작도 끝도 언제까지나 내 의지에 달렸다고 생각했던 관계. 만 원짜리 지폐를 움켜쥐고 그의 아파트 단지를 빠져나오면서 그게 엄청난 착각이었단 걸 알았다. 내가 멋대로 몰아붙이는 연애에서 그는 수건을 집어 던지며 기권했다. 이런 게 어디 있냐고 드러누워 봤자 그는 다시 링 위로 올라오지 않았다.

대낮에 한 이별이었다. 모든 것이 선명한 시간. 고개를 떨구는 것 말고는 눈물을 숨길 방법이 없었다. 그리고 나는 한동안 건대를 못 갔다. 학교 선배인 남자와 헤어지고 나니 캠퍼스 곳곳이 지뢰밭이었다. 그런데 굳이 이별의 장소까지 찾아가 고통 받고 싶지 않았다. 그리고 어쩐지 그곳에 가면, 나를 기억하는 누군가와 마주칠 것 같았다. 한 손으로는 남자의 팔꿈치를 잡고, 다른 한 손으로는 서럽게 제 눈물을 닦는 여자를 본 누군가.

너와 눈이 마주치던 그 순간
나는 태연한 척하려 애를 썼지만
당황하는 너의 표정들을 바라보면서
나도 그만 멈칫하며 당황했었던 거야°

2002년 월드컵 경기가 있던 6월 22일 토요일. 그날이 4강전이었던가?(찾아보니 8강전이었다) 상대팀이 이탈리아?(스페인이었다) 승부차기에서 마지막 골을 넣은 선수가 안정환이었나?(홍명보였다) 당시 대진표와 득점 상황은 무엇 하나 제대로 기억나지 않는다. 한 가지 확실한 건, 그날 시청 앞 광장에 모인 응원 인파가 무려 백만 명이

° 베이비복스, 〈우연〉, 2002

었다는 사실이다. 그런데 나는 그 수많은 사람 속에서 건대입구역에서 헤어진 그와 마주쳤다. 주장 선수의 이름이 박힌 대표팀 복을 맞춰 입은 그의 연인과 함께.

나는 우는데, 나만 우는 것 같은 순간이었다. 나만 빼고 세상은 축제였다. 내 옆에도 나와 옷을 맞춰 입은 연인이 있다면 좋았을 걸, 나는 다정한 동기 커플 사이에 끼어 있었다. 그리고 하필 축하 공연이 베이비복스의 〈우연〉이었다. 우연히 마주친 과거의 연인이 서로의 현재 연인을 의식하며 지나치는 우울한 날의 이야기.

동네 호프집에서 생맥주나 마시며 볼 걸, 축구 룰도 제대로 모르면서 왜 시청 앞까지 응원을 나왔을까? 지하철역 앞에서 급하게 사 입은 'Be the Reds' 티셔츠는 왜 그리 몸에 꼭 끼는지. 그와 헤어지고 매일 술로 보낸 덕분이라고 원망해봤자 부질없는 일이었다. 할 수 있는 거라곤 다시는 시청 앞에 응원을 나가지 않는 것뿐이었다.

💧

그리고 가을. 나는 대학로의 한 소극장에서 공연에 집중하지 못한 채 내내 생각했다. 과거의 연인과 다시 마주치게 됐을 때, 모두가 흥분 상태인 월드컵 응원전에서 마주치는 게 더 우울할까, 슬프고도 무거운 공연이 펼쳐지는 소극장에서 마주치는 게 더 우울

할까?

우울한 우연은 여름의 시청 앞 광장에서 끝난 게 아니었다. 친구가 공짜 티켓이 생겼다기에 무작정 따라간 공연. 객석에 앉아 있는데 익숙한 남녀가 내 앞을 지나갔다. 스무 살의 내게 연극과 뮤지컬을 처음으로 보여준 남자와 그의 연인. 두 사람을 알아본 친구가 내 눈치를 살폈다. 친구는 불편하면 그냥 나가자고 했지만 이내 공연 시작을 알리는 종이 울렸다.

그와 헤어지고 나서 오랜만에 보는 공연이었다. 대학로에 얼마나 많은 극장이 있는데, 하필 이곳에서 마주치는 건 무슨 운명의 장난인지. 서울에 신발 있는 사람들은 다 나온 듯한 그날의 시청 앞 광장에서 마주쳤을 때만큼이나 어이가 없었다.

무대 위의 배우들이 울부짖는 동안 나는 객석에서 그와 만난 200여 일 동안 잘못했던 일들을 하나하나 곱씹었다. 우리는 봄에 만나 여름을 같이 하고, 가을에 헤어졌는데 그 끔찍하던 겨울을 지나 봄을 넘기고, 여름을 넘기고, 가을까지도 벌을 받아야 할 만큼 잘못한 것인지 묻고 싶었다.

주인공 배우들이 무대 앞으로 나와 눈물을 뚝뚝 흘리는 마지막 장면을 보며 마음이 놓였다. 이제야 옆자리 친구 눈치 안 보고 울 수 있겠다 싶었다. 그리고 역시나, 한동안 대학로를 못 갔다.

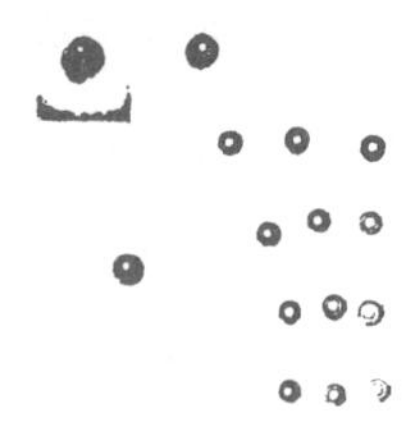

슬픔은 나의 힘

한동안 사무실에서 '슬픔'으로 불렸다. 한 장의 사진 때문이었다. 나를 찍으려던 것은 아니었는데 어쩌다 배경처럼 걸린 내 얼굴이 너무 슬퍼 보인다며, 후배는 모니터에 사진을 확대해서 띄워놓고 나를 불렀다.

"슬픔이가 따로 없네!"

마감 중에 웃을 거리를 찾던 팀원들은 영락없는 슬픔이라며 웃었고, 나는 딱히 반박할 말이 없어 웃었다. 하지만 사진 속 나는 금방이라도 울 것만 같았다. 헤드폰을 낀 채 모니터를 파고 있는 얼굴엔 상념이 가득했다. 대충 시간을 더듬어보니 '마감 깔딱 고개'에 마지막 원고를 쓰는 모양이었다.

하루하루 버티던 때였다. 〈인사이드 아웃〉처럼 머릿속에 '감정 컨트롤 본부'가 있다면 다섯 감정들, 그러니까 기쁨, 슬픔, 버럭, 까칠, 소심 중에 기쁨은 병가인지 퇴사인지 본부를 이탈한 상태고, 나머지 네 감정들이 치고받던 시절이었다. 오랜만에 만난 사람들은 낯빛이 안 좋다며 건강을 걱정하고, 어쩌다(?) 집에서 마주친 남편은 검지와 중지로 내 미간을 펴주었다.

내 모습이 보는 사람까지 처지게 만드는 건 짐작했지만, 마감 한가운데의 편집부를 한층 더 우울하게 만드는 내 얼굴을 확인하고 나니 딱, 증발하고 싶은 기분이었다. 정체가 탄로 났으니 그럼 전 이만! 하고. 아니면 슬픔처럼 실망하고 절망하여 자빠져 누워서는 한쪽 발만 간신히 든 채, 도움의 손길을 기다리고 싶었다. 누가 나 좀 여기서 꺼내줘요!

그렇게 불리는 건 원치 않았지만, 실은 슬픔의 팬이었다. 늘 한 발자국 뒤에 서서 이래도 걱정, 저래도 걱정하는, 핑크빛 미래 같은 건 모르겠고 언제나 전전긍긍하는 푸르고 축축한 감정. 머리카락, 눈썹꼬리, 입꼬리, 어깨 할 것 없이 온몸이 축 늘어져 있는 아이. 실재했다면 학교에서든, 회사에서든, 무심코 어깨를 툭 치고 지나가는 사람에게 사과 한 마디 못 받고 지냈겠지. 그래서인지, 그럼에도 불구하고인지 슬픔이 좋았다. 긍정의 힘 같은 건 모르지만,

긍정의 강요나 잔소리 같은 것도 모를 테니까, 부드럽고 신중한 감정이니까.

자연스레 기쁨은 눈엣가시였다. 슬픔을 열한 살 소녀 라일리에게 쓸모없고 불필요한 감정처럼 말하는 감정 컨트롤 본부의 리더. 소심은 겁이 많아 전깃줄을 밟지 않게 해주고, 까칠은 의심이 많아 맛없는 브로콜리를 거부하게 만들고, 버럭은 화를 내서 의사 표시를 하게 해준다면서, 정작 슬픔은 뭐 하는 앤지 모르겠다고? 이 봐 기쁨 씨, 그 많던 긍정은 다 어디로 갔나요?

그런 생각을 한 게 나뿐만은 아니었는지 한번은 사람들과 기쁨의 험담에 열을 올린 적이 있다.

"걔 슬픔인 '핵심 기억'에 손도 못 대게 하잖아. 행복했던 기억도 슬퍼진다면서. 착한 척은 다 하면서 완전 두 얼굴 아냐?"

"학교 다닐 때 앞장서서 애들 왕따 시키는 캐릭터지. 라일리 전학 첫 날, 적응 잘 해야 한다고 슬픔인 동그라미 밖으로 못 나오게 했잖아."

"빙봉 울 때도 빨리 가자고 재촉하잖아. 완전 이기적이야."

인생에서 적어도 한 번쯤은, 어느 집단이나 관계에서 슬픔이었던 사람들의 공분이었다. 그 밤 우리는 무턱대고 긍정의 힘을 설파하는 게 얼마나 폭력에 가까운 행동인지, 실의에 빠진 사람에게 빨리 잊어버리라는 말이 얼마나 성의 없는 위로인지에 대해 이야기했다. 슬퍼하는 사람에게 충분히 슬퍼할 수 있는 시간을 주되, 조용히 곁에 있어주는 것이야말로 진정한 위로라면서. 바로 우리의 '슬픔'처럼 말이다.

라일리의 상상 속 친구 빙봉이 분신과 같은 로켓을 폐기처분 당했을 때, 기쁨은 언제나처럼 밝은 에너지로 사태를 해결하려 한다. 실의에 빠진 지 3초도 되지 않았는데. 다 잘 될 거라면서 간지럼을 태우고, 우스꽝스런 표정을 짓고, 재미있는 놀이를 하자며 일으키고……(아 좀!) 하지만 라일리가 자신과의 추억을 다 잊었다는 생각에 좌절한 빙봉은 엉덩이 한쪽 들썩할 기운도 없는 상태. 그 순간, 슬픔이 빙봉의 옆에 조용히 다가가 앉는다. 그리고 하는 말.

"로켓을 가져간 건 유감이에요. 당신이 사랑했던 걸 가져갔어요. 영원히 사라져버렸어요."

갈 길이 구만리인데 빙봉을 주저앉게 만드는 슬픔의 비관 신공에 기쁨은 혀를 찬다. 기분 상하게 하지 말라고 주의도 줘보지만, 설상가상으로 닿으면 누구나 울게 만들어버리는 마이너스의 손으로 빙봉을 만지니 기절할 노릇. 하지만 우려와 달리 한바탕 사탕 눈물을 쏟아낸 빙봉은 기쁨이 아무리 일으키려 해도 들지 않았던 무거운 엉덩이를 툭툭 털고 일어난다. 슬픔의 존재 이유와 쓸모에 대해 의구심을 가졌던 기쁨이 슬픔을 다시 보게 되는 순간. 놀란 기쁨이 비결을 묻자 슬픔은 또 특유의 자신 없는 말투로 대답한다.

"몰라……. 그냥 이야기를 들어줬어."

〈인사이드 아웃〉은 쾌활하던 열한 살 딸이 부쩍 말수가 줄어든 걸 보고 딸의 머릿속이 궁금해진 아빠가 탄생시킨 이야기다. 영화 전반부와 달리 맹활약을 펼치는 슬픔의 역할에 대해 피트 닥터 감독은 이렇게 말했다.

"사람들은 슬픔이란 감정에 대해 대부분 부정적인 생각을 가져요. 특히 부모는 자식이 슬프다하면 걱정부터 하죠. 하지만 조금만 더 깊게 생각해 보면 슬픔은 굉장히 유용한 감정이에요. 슬프면 격해진 감정이 차분해지고, 타인에게 위로 받을 수 있으니까요."

눈물전도사 슬픔이 말하기를, 울음은 일생의 문제에 너무 얽매이지 않고 진정하도록 도와준다고 했다. '외로워도 슬퍼도 나는 안 울어. 참고, 참고 또 참지 울긴 왜 울어' 하는 캔디 식 상황 돌파가 늘 답은 아닌 것이다. 멈추면 비로소 보이는 것들처럼 울고 나면 비로소 명료해지는 것들도 있으니까. 그리고 빠져나올 수 없을 것 같던 슬픔의 늪에서 한 발을 뺄 수 있게 도와주는 것이 바로 눈물이다. 한껏 울고 나면, 힘껏 웃을 힘이 생긴다.

식겁의 쓴맛

까똑.

친구가 막 이유식을 시작한 딸의 동영상을 보내왔다. 숟가락을 문 채 오만상을 쓰며 우는 모습에 웃음이 터졌다.

"왜 이러는 거야?"

"오늘 사과를 처음 먹었거든. 너무 시었나 봐."

"식겁했나 보네."

우리에게는 즐거움을 줬지만 아이에겐 인생의 첫 설움이었을지도 모른다. 처음 먹어 보는 맛에 몸이 들썩, 뒤늦게 엄마에 대한 배신감이 몰려왔을 수도 있다. 심지어 그 엄마라는 사람이 우는 자신을 보며 깔깔 대고 웃는다면, 인생의 첫 시련으로 충분하다.

뜻밖에 놀라 겁을 먹음, '식겁'. 기억에, 내가 처음으로 식겁한 건 간장 때문이었다. 여섯 살 아니면 일곱 살 때, 큰고모 집에서였다. 큰고모 집의 저녁 시간은 언제나 북적거렸다. '오빠'나 '언니'라 부르기에는 나이 터울이 큰 사촌들이 많았다. 언니, 오빠의 아이들 중엔 내 또래도 있었다. 그날 저녁 식사 자리 역시 북적거렸다. 큰 상을 두 개나 폈는데도 한꺼번에 앉아 밥을 먹기 비좁았다. 큰고모와 큰고모부는 내게 언제나 다정한 분들이었지만 그날은 챙겨야 할 사람이 너무 많았다. 그리고 나는 어른의 손길이 별로 필요 없는 씩씩한 아이였다.

밥상 위로 어른들의 이야기가 바쁘게 오가는 동안 나는 묵묵히 밥을 먹었다. 너무 묵묵히 먹었는지 갑자기 목이 막혔다. 물을 찾아 두리번댔지만 물은 보이지 않았고, 어른들의 대화 역시 틈이 보이지 않았다. 그러다 발견한 까만 액체. 누가 봐도 간장 그릇에 담긴 액체를 나는 콜라라 믿었다. 들이키는 순간 아니라는 걸 알았지만, 어찌나 대차게 들이켰는지 꿀떡꿀떡 넘겨버렸다. 태어나서 처음 맛보는 짜디 짠 맛. 재빨리 뱉어야 했지만 짜다 못 해 쓴 맛은 이미 목구멍을 타고 넘어간 후였다. 식겁한 나머지 울음이 터졌다. 틈이 보이지 않던 어른들의 대화가 멈추고 일제히 시선이 내게 쏠렸다. 내 손에 들린 간장 그릇과 입 주변으로 사약처럼 흘러내린 간장을 본 어른들의 눈이 동그래졌다.

"애가 간장을 먹었네!"

창피했다. 콜라와 간장도 구분 못하고 그릇째 들이키다니. 그리고 서러웠다. 애가 그렇게 두리번거리는데 많은 어른 중 누구 하나 "뭐 필요하니?"라고 묻지 않았으므로. '절대 고독'의 쓴 맛을 어렴풋하게나마 알 것 같던 순간. 혀를 길게 내밀고(그러면 짠 맛이 날아갈 거라 생각했다) 한참을 울었다. 큰고모가 냉장고에서 꺼내온 야쿠르트 한 줄이 내 혀를 달래줬다. 간장과 달리 하얗고 시원하고 달달한 액체를 꿀떡꿀떡 넘기는데, 그날 낮의 일이 떠올랐다.

그날 오후, 길을 잃었었다. 큰고모부가 준 돈을 한 손에 꼭 쥐고 슈퍼에 갔고, 원하던 과자를 손에 넣고 기분 좋게 나왔는데 집에 가는 길이 생각나지 않았다. 왔던 길을 되돌아가면 되는데, 그 길이 보이지 않았다. 왼쪽으로 가다가 이 길이 아닌 듯해 다시 돌아오고, 오른쪽으로 가다가 이 길도 아닌 듯해 다시 돌아오고. 그렇게 뱅뱅 돌다 결국 울음이 터졌다. 슈퍼 아주머니가 집이 어디냐고 묻는데 그걸 몰라 더 울었다. 몰라요, 몰라요, 우리 집이 아니고 큰고모 집이라 몰라요.

한참을 울고 있는데 슈퍼 밖에서 자전거 세우는 소리가 났다. 막내 사촌 오빠였다. 과자 사러 나간 애가 한참이 지나도 안 돌아오니 기동력 있는(?) 오빠가 자전거를 타고 동네를 뒤진 모양이었다. 눈물, 콧물 범벅이 된 얼굴로 자전거 뒷좌석에 탔다. 오빠를 놓칠세라 옷을 꼭 잡고, 봉지과자도 떨어질까 꼭 잡고.

예닐곱 살 어린아이에겐 너무 가혹한 하루였다. 과자 하나 사러 나왔다가 영영 집에 못 돌아가게 되는 건 아닌가 겁을 먹고 엉엉 운 낮에 이어, 평생 찍어먹고도 남을 양의 간장을 한 번에 들이킨 저녁이라니. 너무 짜서 쓴 하루였다. 아이고, 써라!

💧

얼마 전 저녁을 준비하다 그 쓰고도 짠 맛을 다시 떠올렸다. 돼지불고기에 진간장 대신 국간장을 넣은 결과였다. 그때 알았다. 어릴 적 콜라라 굳게 믿고 마셨던 간장의 맛은 목구멍 어딘가에 저장돼 있었다는 것을. 어쩌다 벌칙으로 까나리 액젓을 마시는 예능 프로그램을 볼 때마다 목이 타 들어 가는 느낌이더라니. 아이스 아메리카노인 줄 알고 마신 까나리카노의 맛은, 콜라인 줄 알고 들이킨 간장의 맛과 비슷하지 않을까? 까나리카노를 경험한 출연자들은 게스트가 처음 경험하는 맛에 몸부림 칠때 누구보다 즐거워한다. 절대 익숙해질 리 없는 맛이지만, 처음처럼 놀랄 일은 없으니까. 그리고 그 맛을 피하기 위한 요령이 점차 쌓이고 있으니까.

다섯 가지 맛을 느낄 수 있다는 오미자차를 즐기게 된 나이에 처음 맛보는 맛에 놀라 눈물을 흘릴 가능성은 희박하다. 너무 열성적으로 먹다 대차게 혀를 씹지만 않는다면 식사 자리에서 맛에 놀라 울 일은 없어진 것이다. 그렇다고 장담할 수는 없다. 세계에서 가장 매운 고추라는 캐롤라이나 리퍼나 부트졸로키아는 구경도 못해봤으며, 한국의 홍어 마니아들도 고개를 젓는다는 하링(청어 절임)을 비롯해 세상에는 못 먹어본 식겁할 만한 음식이 너무나 많으니까. 하지만 그 음식을 대면했을 때 도전하거나 포기한다 해도, 그날처럼 식겁해서 울 일은 없을 것 같다.

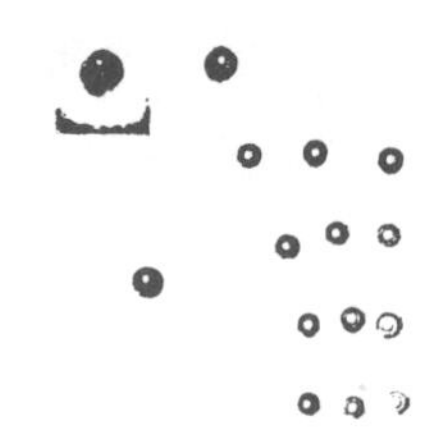

빌어먹을, 피클 통 뚜껑

"안 풀려도 안 풀려도, 어쩜 이렇게 안 풀리지?"

언젠가 자기는 술만 먹으면 집에서 혼자 운다고 고백하던 S. 나는 거기다 대고 "다들 그렇지 않나?" 물었다. 처음엔 황당한 듯 코웃음을 치더니 조금씩 긴장이 풀어지던 표정이 생각난다. "다들 그렇진 않지."라고 받아 치던 것도. 어쨌거나 둘이 있으면 '너나 나나 다들 그래'란 소리가 편했던지 그 뒤로는 종종 어디 가서 말하기 뭐한 일들을 내게 털어놨다.

이번엔 남자 문제였다. 누가 좋아졌지만 관계가 깨질까 봐 고백도 못 했다, 그런데 그가 자기도 아는 사람과 연애를 시작했다. 이쯤 들어도 안쓰러운데 끝이 아니었다. 간밤에 누가 불러 나간 자리에 그 두 사람도 있더라. 이야기의 대미는 계산대 앞에서 벌어진다. 카드 뽑기를 했는데 하필 당첨.

암만 생각해도 억울했다. 세 사람이 내민 카드 중 하필 S의 카드가 뽑힐 확률은 33.33333333…… 퍼센트. 그렇게 낮은 확률이 아니니 그럴 수 있다 쳐도 문득 의문이 들었다. 그럼 내가 좋아하는 사람이 나를 좋아해줄 확률은?

술집을 나와 누구는 택시를 부르고, 누구는 한 잔 더 할 술집을 정하는데 갑자기 눈물이 터졌다. 하필 이 순간에, 싫었지만 눈을 질끈 감으면 주르륵 흐르고, 고개를 숙이면 후드득 떨어지니 감출 방법이 없었다. 좋아하는 인형을 잃어버린 어린 애처럼 길 한가운데 서서 눈물을 훔치고 있으니 하나둘 그 애의 주변으로 모여들었다. 갑자기 왜 그러냐 물으며 어깨를 다독이는 여러 손들 가운데에는 그의 손도 있었다.

"왜 하필 내 카드냐고!"

저 사람은 되고 자신은 안 되는 이유를 묻고 싶었지만, 입 밖으로 내뱉을 수 없는 말이었다. 집에 오는 내내 울었다. 카드가 뽑힐 때 눈물샘 뚜껑도 뽑혀버린 사람처럼. 그렇게 자기는 술값 낸 게 아까워 우는 사람이 됐다면서 긴 한숨을 쉬던 S. 슬프고도 웃긴 사연을 들으며 울기도 뭐해 피식피식 웃다가 문득 조용해진 그 애의 얼굴을 살폈다. 어젯밤엔 또 혼자 얼마나 울었는지, 아직 눈이 부어 있었다.

자신은 비련의 주인공인데 남들 눈엔 코미디인 슬프고도 웃긴 상황. 나를 우습게 만든 건 문이었다. 아무리 밀어도 열리지 않던 유리문.

사회 초년생 때였다. 어시스턴트 에디터라고 적고, 비정규직 상근이라 말하던 시절. 에디터를 꿈꾸는 사람들의 특채 경로이며, 잡지를 만들 때 꼭 필요한 사람이지만, 집에다가 설명하기는 매우 번잡하고 구차한 일, 어시스턴트가 그랬다. '출근'이란 말에 반색하는 가족들을 진정시키고 당분간 돈은 얼마 못 벌며 미래도 보장되지 않는다고 설명하자 싸늘한 질문이 돌아왔다.

"근데 왜 하는 건데?"

그 길로 집은 내게 지원을 끊었고, 나는 집에 연락을 끊었다. 그래도 하고 싶은 일이었다. 동경하던 선배들 옆에서 배울 수 있고, 내가 꿈꾸던 잡지에 내 이름 석 자가 박힌 기사가 실리는 기회. 이 시간을 잘 보내면 좋은 날이 올 거라 생각했다. 그런데 돈도 얼마 못 벌고 미래도 보장되지 않는 시간이 길어지면서, 사무실에 걸려오는 전화를 받을 때 말고는 말할 일이 없어 입에서 군내 나는 날이 많아지면서, 이래도 혼나고 저래도 혼나는 마감이 이어지면서 점점 불안해졌다. 근데 난 이걸 왜 하는 걸까?

그러던 어느 날 은행에서 전화가 왔다. 대학 때 학자금 대출을 받은 은행이었다. 이자가 반 년 넘게 연체 중인데 상환을 하던 오빠 분이 연락이 안 된다며, 이대로 가면 신용불량자가 된다고 했다. 그때 처음 알았다. 나의 정 많은 오빠가 연이든 지원이든 끊겠다면 끊을 수 있는 사람이란 것, 학자금 대출이자 몇십만 원 때문에 취업도, 외국 여행도 어려워질 수 있단 것을 말이다.

은행부터 가야 했다. 시계를 보니 은행문 닫을 시간이 30분도 채 남지 않았다. 내 신용이 달려 있는 문제인데 당사자한테 전화할 생각을 왜 이제야 했는지 따져 묻든, 신용불량만은 피할 방법이 없겠냐고 매달리든 일단 가야 했다.

발목이 잡힌 건 은행 입구도 아닌 사무실 입구였다. 분명 아침에 출근할 때도, 점심을 먹고 들어올 때도 잘만 열렸던 출입문이 웬일인지 열리지 않았다. 통화 내용에 힘이 빠지긴 했어도 문 열 기운이 없을 정도는 아니었고, 혹시나 싶어 상단의 잠금 버튼도 확인했지만 열려 있었다. 밀고 멈추기를 몇 번, 자리에서 굳어버렸다.

'나 좀 나가자. 외국 나가겠다는 것도 아니고 여기서만 좀 나가자. 은행을 가야 뭐든 할 거 아니야!'

문에다 대고 읍소하는 꼴이라니, 어이가 없어서 눈물이 났다.

그때 문 너머 안내석에 있던 직원과 눈이 마주쳤다. 문 앞에서 얼굴을 붉히고 있는 모습이 이상했던 모양이다. 나는 문이 열리지 않는다고 손으로 설명하며 참 이상한 일이라고 어깨도 으쓱해 보였다. 그러자 그 직원이 손잡이 쪽을 물끄러미 쳐다봤다. 시선이 멈춘 곳, 손잡이 하단에 문구가 보였다.

'당기시오'

"됐어, 내가 해. 이런 거 하나 제대로 못 만드나 몰라. 이거 어떻게 열라는 거야, 이걸."

"이 정도 하나 내가 못할까 봐? 내가 할 거야, 이까짓 거."

"이런 거 하나 내 맘대로 안 돼. 나보고 어쩌라고? 맨날 나만 이래. 내가 진짜 미쳐. 열려라 좀!"

드라마 〈연애시대〉의 은호는 피클 통 때문에 폭발했다. 그녀는 어렸을 때 엄마를 잃었고, 사랑하는 남자와 낳은 아이를 잃었고, 사랑했던 남자는 다른 사람의 남편이 되었다. 마지막 남은 브라우니 조각을 놓고 불행 배틀을 벌인다면 충분히 승산이 있는, 적지 않은 불행을 맛본 사람. 그래도 남들 눈엔 용케 괜찮은 듯, 그럭저럭 지내던 그녀는 피클 통을 열다 무너져버린다. 자신이 사랑하는 건 다 잃었는데, 자기가 생각해도 자기가 충분히 불쌍한데, 자신 곁에 유일하게 남은 동생과 오붓하게 치킨 좀 먹겠다고, 동생이 좋아하는 피클 좀 꺼내주려는데, 암만 힘을 주고 돌려봐도 기어코 열리지 않는 피클 통 때문에 설움이 터진다.

나나 너나 다들, 우리는 종종 그렇게 피클 통에 무너진다. 어쩜 이렇게 나만 불행할 수 있을까, 어쩜 이렇게 계속 불행할 수 있을까, 내 인생은 이미 바닥을 쳤는데 어떻게 또 곤두박질칠 수 있을까 싶은 절망의 순간에도 잘 버티다가, 잘 버텨놓고. 나도, 남들도, 괜찮으니까 괜찮은가 보다 하고 지내다 별것도 아닌 것에 주저앉는 순간이 온다. 구두굽이 보도블록 사이에 끼어 자빠질 때, 가방끈이 떨어져 숨기고 싶은 물건들이 길바닥에 널브러질 때, 휴대전화가 바닥에 떨어져 액정이 쩍 하고 깨질 때 등등.

나이 들며 얻은 기술인 양 눈물도 조절할 수 있다 여기다가도 그럴 땐 눈물샘의 옆구리라도 터진 것처럼 눈물이 콸콸 쏟아져 멈추지 않는다. 빌어먹을 피클 통, 빌어먹을 카드뽑기, 빌어먹을 당기시오, 빌어먹을 빡빡한 인생!

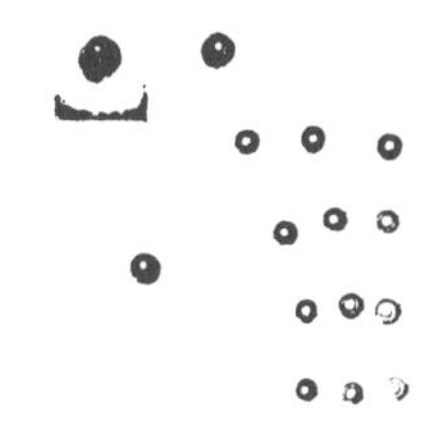

어느 날 공황이 찾아왔다

시작은 소리였다. 몸이 떨리는 자동차 배기음. 마감 기간이었고 진작 원고를 털었어야 하는 날짜지만 며칠째 밤을 샜는데도 끝날 기미가 보이지 않았다. 새벽 네 시가 넘어가니 손가락만 의미 없이 움직일 뿐 머리는 퇴근한 지 오래였다. 썼다 지웠다만 반복하다 다섯 시를 넘기고 자리에서 일어났다. 집에 가서 씻고 딱 두 시간만 눈을 붙이고 올 생각이었다.

토요일의 이른 아침, 한가한 4차선 도로에는 신호가 바뀌길 기다리는 차가 3대 있었다. 집채만 한 까만 밴, 선팅이 짙게 된 검정 세단, 안전선을 한참 넘어온 은색 SUV. 그런데 횡단보도를 반 정도 건넜을 때쯤, 갑자기 RPM이 올라가는 소리가 들렸다. 차들의 앞머리가 들썩거리고 있었다. 금방이라도 굉음을 내며 출발할 것처럼.

씩씩거리는 차들을 보며 뛰다시피 걸었다. 셀 수 없이 건넜던 횡단 보도가 더없이 길게만 느껴졌다. 심장이 가슴에서도 뛰고, 머리에서도 뛰고, 귀에서도 뛰었다. 택시 뒷좌석에 뛰어들다시피 몸을 구겨 넣으며 목적지를 말하고 나서 나도 모르게 뒤를 돌아봤다. 날 위협하던 성난 차들은 가고 없었다.

등을 기대고 앉아 크게 숨을 들이키며 생각했다. 그냥, 마감 때문에 조금 예민해진 것뿐이라고. 가는 내내 붙들고 있던 뒷좌석 손잡이를 놓은 건 익숙한 동네 사거리가 보이고 나서였다. 어찌나 긴장했던지 어깨가 다 쑤셨다.

주말 아침의 주택가 역시 한산했다. 보이는 사람이라곤 운동복 차림으로 뛰고 있는 남자 한 명이 전부. 그런데 택시에서 내릴 즈음, 그 사람이 속도를 점점 줄이는 게 보였다. 택시에서 내리기가 망설여졌다. '좀 전까지 뛰다가 갑자기 왜?'라는 의문과 의심이 일었다. 기사님께 '저기, 잠시만 여기 있으면 안 될까요?'라고 말하고 싶었지만 입에서 떨어지지 않았다. 택시에서 어렵사리 발을 내려 아파트 정문 앞에 섰을 때, 그 사람은 나와 10미터도 떨어지지 않은 곳에 서있었다. 혹시 아파트 주민인가 싶어 곁눈질로 움직임을 살피며 출입 카드를 인식기에 대는데 자꾸만 먹통이다. 그 사람이 주변을 두리번거리는 게 느껴졌고 나는 속으로 소리쳤다.

'제발 좀, 열려라!'

지잉! 철문이 열리는 소리에 얼마나 놀랐는지 모른다. 어렸을 때 운동회 날 달리기 출발선에서 총소리를 처음 들었을 때처럼 후들거리는 다리를 끌고 뛰었다. 돌아보면 안 될 것 같아 앞만 보고 달렸다. 동 입구에서 다시 출입증 카드를 찍고 엘리베이터를 기다리고 다시 집 앞에서 출입증 카드를 찍는 그리 길지 않은 시간 동안, 누군가 내 목덜미를 잡을 것만 같은 두려움이 몇 번씩 엄습했고, 그때마다 몸이 녹아내리는 듯했다.

남편을 보면 괜찮아질 줄 알았지만 자고 있는 그의 얼굴을 확인하고 난 뒤에도 몸이 부들부들 떨렸다. 샤워하는 내내 울었다. 눈물은 샤워기에서 나오는 미온수보다 뜨끈하고, 비누보다 미끄덩거렸다. 몸을 씻는 건지, 눈물을 씻는 건지 분간이 가지 않았다. 머리는 감았는지, 얼굴은 닦았는지 기억이 없어 씻고 또 씻었다.

생각해 보면 아무 일도 일어나지 않았다. 나를 향해 돌진한 차도 없었고, 짐짝을 실은 것처럼 난폭 운전을 하는 기사도 없었고, 주변을 힐끔거리며 쫓아오는 사람도 없었다. 그런데 모든 것이 위협적으로 느껴졌다. 금방이라도 죽을 것 같았다.

○

다시 출근할 때까지만 해도 회사를 그만둘 생각은 없었다. 온

몸의 털이 쭈뼛 섰던 아침의 불안과 공포가 여전히 몸 어딘가에 남아 있었지만, 별 거 아닐 거라 생각했다. 이렇다 할 계획도, 모아 둔 돈도 없이 무슨 퇴사란 말인가. 매일 힘들다 하면서도 나와 달리 '그만둘까' 소리는 입 밖으로 꺼내지 않는 남편의 얼굴도 떠올랐다. 그런데 아침에 나섰던 회사 회전문을 다시 열고 들어가는 길에 직전까지의 다짐은 무너지고 말았다.

"밥 먹었어? 우리 밥 먹으러 가는데 같이 가자."

입구에서 만난 친한 동료 J의 일상적인 질문이었다. 거기다 대고 할 일이 남아서, 라고 말하는데 어떻게 손써볼 새도 없이 눈물이 후드득 떨어졌다. 놀란 J는 회전문을 돌아 다시 건물 안으로 들어와서 내 어깨를 잡고 물었다.

"왜 그래? 무슨 일이야? 괜찮아?"

묻는 말에 대답은 못하고 원고가 남아서 올라가봐야 된다는 말만 되풀이했다.

"가혜야, 너 지금 상태가 좋지 않은 것 같아."

얼마 전 같이 극장을 갔다 나오는 길에도 J는 걱정스러운 얼굴로 말했었다. 본영화가 시작하기도 전에 다른 영화 예고편을 보면서 눈물을 주룩주룩 흘리는 모습이 영 걱정스럽다고.

사무실 의자에 앉아 컴퓨터 전원을 켜고 기다리는 동안, 나는 J의 말을 인정하게 됐다. 지금 내 상태는 좋지 않았다. 공황장애를 앓고 있는 한 연예인이 방송에서 우울증과 공황장애의 차이에 대해 말했던 게 생각났다. 우울증은 죽고 싶은 거고, 공황은 죽을 것 같은 거라던. 막연히 알 것도 같던 그 말의 의미를 나는 그날 아침, 살 떨리게 체감했다.

결국 퇴사만이 답이라고 생각했다. 맘에 걸리는 건 사유. '자가 진단으로 공황장애 비슷한 증상이 있어 심신의 안정이 필요합니다.' 라고 쓰고 싶었지만 결국 '건강상의 이유'라고만 적어냈다. 정신과 진료 후 진단서를 제출해볼까(그래서 실업 급여를 신청해볼까) 고민했지만 내 커리어에 주홍 글씨를 남길 것 같았다. '능력에 비해 과민' 같은.

💧

취재는 핑계였다. 퇴사 후 반년이 지나니 내 발로 나온 회사에서 아르바이트를 할 엄두가 났고, 마침 맡은 주제가 '스트레스가 몸에 미치는 영향'이라 정신건강의학과 전문의의 도움말을 받아야 했다. 나는 이 참에 진단을 받고 싶었다. 떡본 김에 제사지낸다고, 정신과 간 김에 상담을.

의사는 이야기를 다 듣더니 '공황 발작'으로 보인다고 했다. 암이든, 고혈압이든, 공황장애든 여러 가지 원인들이 누적되다 역치를 넘기면 증상이 나타나는데, 공황장애는 예전에도 늘 있었던 자극에 어느 순간 뇌가 다르게 반응하며 불안해지는 것이라고. 그러면서 취재도 취재지만, 그렇게 회사를 그만두고도 여태 상담 한 번 받지 않은 내 상태가 염려스럽다고 했다.

"제가 정말 안타까운 건 간단히 치료할 수 있는 단계에서 참고 버티다 자신에게 중요한 것들을 잃고 난 뒤에야 병원을 찾는 경우예요. 성적 다 떨어지고, 직장 그만두고, 헤어지고, 이혼하고 나서요. 남들 눈에 이상하게 보일까 봐 염려하다가 시기를 놓치고, 남들한테 이상한 사람이 되고, 내가 생각해도 내가 이상한 사람이 되어서야 오는 거죠."

하마터면 점집도 아닌 곳에서 '그걸 어떻게 아셨어요? 어머 용해라'라고 할 뻔 했다. 회사를 그만둘 때쯤, 아니 이미 훨씬 전에 나는 번아웃 상태였다. 늘 미간을 찌푸린 채 해야 할 일에 대한 분노가 가득해서는, 마감을 방해하는 모든 사람에게 살의를 느끼며, 내 자리의 물건을 상사에게 집어 던지고 욕설을 하는 상상을 하면서 (혹시나 그게 현실이 될까 두려워하면서) 한 달 한 달을 버텼다.

"20~30대 여성의 경우 이제는 체력이 떨어질 일밖에 남지 않았어요. 외출 준비하는 시간 많이 걸리죠, 굽 있는 신발도 신어야죠, 그런데 달마다 생리하죠, 거기에 말라야 되니까 덜 먹어요. 40~50대는 지금보다 체력이 더 떨어지는 게 당연하죠. 그런데 어떻게 결혼하고, 아이 낳고, 남자들처럼 일 다해가면서 요즘 여자들은 너무 피곤하게 살아요. 너무 자신을 압박하고 밀어붙이죠."

의사는 내 또래의 여자였다. 나는 그녀에게 언제부턴가 가슴에 늘 품고 있던 사표를 그간 못 썼던 이유에 대해서, 그러니까 현대인에게 스트레스는 디폴트 값이요, 특히 바쁘고 일 잘하는 여자에게 스트레스는 '머스트 해브 아이템'이 아닌가(나는 그렇게 믿고 버텼다) 물었다.

"그건 실제 생활을 몰라서 그래요. 소위 성공한 여자라고 불리는 사람 중에 히스테리의 끝판이 얼마나 많은데요. CF에서 보이는 연예인의 이미지와 실제 생활이 다르듯이 슈퍼우먼이라는 건 타고나서 체력이 좋은 사람이라면 모를까, 적지 않은 경우가 주변 관계를 망치면서 이루었거나 옆에서 봐주는 사람이 있는 거예요. 정신과를 찾는 유명인들은 사람들의 생각보다 훨씬 많아요. 하지만 피부과나 성형외과처럼 '이런 사람들이 우리 병원을 다니고 있어'라고 드러낼 순 없죠."

그녀는 답답하다는 듯 짧은 한숨을 뱉고 말을 이어나갔다.

"연예인들이 공황장애를 밝히기까지 꽤 많은 시간이 걸렸어요. 그 중 다수는 남자들이었고요. 스트레스가 심해지면 결국 우울이 오고, 공황장애로, 식이장애로 발전하고 자살 전 단계까지 수많은 일들이 있었을 텐데 우리는 모르는 거잖아요? 밤에 자려고 누우면 시계 소리가 엄청 크게 들리는 경우 있죠? 그게 심해지면 나중에 환청이 들려요. 누가 소리를 내면 화가 나고요."

그건 또 어떻게 아셨담? 당시 나의 고민은 퇴사 후에도 불면증이 나아지기는커녕 더 심해졌다는 거였다. 당장 내일까지 해결해야 할 섭외 건이 있는 것도 아니고, 끝내야 할 원고가 있는 것도 아닌데 도통 잠이 오지 않았다. 초저녁에 눕든, 자정에 눕든 택시 할증이 풀릴 시간까지 뒤척이는 날들이 많았고, 언제부턴가 침대 옆에 둔 손목시계의 째깍째깍 소리가 온 신경을 긁어대는 바람에 색깔 별로 모으던 시계들을 옷장 서랍 깊숙이 처박았다.

"쉬어도 낫지 않을 때 오는 게 절망이죠. '불필요한 인간이 되겠구나', '사람들의 기대를 충족하지 못하고 짐이 되겠구나' 하는 생각이 들고요. 우리가 슈퍼맨도 아니고 잠을 안 재우면 어느 누가 정상일 수 있겠어요? 한 사람의 문제가 아니라, 자신감이나 자존감의 문제가 아니라 내가 일을 너무 많이 했고 한계에 부딪혔다, 지금 이 증상들만 해결하면 나의 능력은 다시 빛날 수 있다 생각해야 해요."

이쯤 되니 닭살이 돋았다. 회사를 그만두고 나서 '그만두니까 좋아?'라는 질문을 받으면 어쩐지 치부를 들킨 사람처럼 우물쭈물하던 나였다. 회사만 그만두면 불행 끝, 행복 시작일 거라고 생각한 건 아니었지만 그래도 매일 잠도 못 자고 툭 하면 입병이 나서 좋아하는 매운 음식을 먹을 때마다 훌쩍거리는 건 억울하고도 우울한 일이었다. 그러다 보니 잔고는 바닥난 지 오래여도 이 상태로 재취업은 글렀구나 생각했다. 쉬는 사이 감은 감대로 잃고, 툭하면 흐느적거리는 '연차만 많은 인간'이 되고 싶지 않았다. 그나저나 의사 말마따나 회사를 그만두기 전에 왔다면 좋았을 걸, 지금 와서 뭐가 나아질까?

"절망적인 상태에서 병원을 찾아온 분들은 자기의 생활을 해결할 수 없다고 생각해요. 별로 기대감이 없죠. 더 이상 갈 데가 없는데, 남들이 가보라고 하니까 '점집 갔다가' 오시는 거예요. 그래도 기뻐요. 이 사람은 좋아질, 행복해질 일만 남은 거니까요."

◊

올해에 나는 서른여덟 살이 됐다. 서른여덟, 나를 위해 세운 첫 번째 계획은 바로 정신과 진료다. 용하디 용한 의사 선생님을 만났을 때 바로 시작하고 싶었지만, 그 즈음 아이를 갖게 되어 여태껏 미뤄왔다.

남들의 시선도 시선이지만 사실 진료비에 대한 부담도 컸다. 그 돈으로 편의점 수입맥주나 포장마차 순대를 얼마나 먹을 수 있는지 계산하고 나면 언제나 '좋아하는 거 먹고 기분 좋으면 그게 치료지 뭐' 같은 결론에 이르렀다. 그런데 지난 여름, 건강보험의 보장성이 확대되면서 정신과 진료비도 본인 부담이(최대 40퍼센트 가까이!) 줄어든다는 기사를 보고 이젠 정말 때가 되었구나 싶었다. 따지고 보면 네 캔에 만 원 하는 수입맥주를 나는 너무 많이, 너무 자주 먹으면서도 늘어나는 뱃살의 원인을 애써 모르는 척 하고 있지 않았나. 올해엔 한 주 맥주 소비량을 낮추고(이 상황에도 순대는 포기할 수 없다) 정신과 문턱을 넘을 생각이다.

내 남자 친구를 소개합니다

극장에서 나오는 길. 영화는 기대보다 뭉클했고, 사방에서 훌쩍대는 동지들 덕에 편하게 울 수 있었다. 그런데 엔딩 크레디트가 다 올라갈 때쯤 G의 눈치가 보였다. 영화에 대한 정보가 전무한 채 내 손에 끌려 온 친구. 엘리베이터에서 내리면 물어봐야지 했는데 지하 4층에서 지상 1층으로 가는 그 몇 초가 왜 그리 긴지, 결국 못 참고 작은 목소리로 물었다.

"너 혹시 울었어?"

같이 사는 남자였다면 99.999퍼센트 울지 않았을 거다. 혹시나 0.001퍼센트의 확률로 울었다 해도 인정하지 않을 것이 뻔하다. 그가 십수 년 간 극장에서 한 일은 내가 우는 모습을 보면서 웃음을 참는 거였다. 영화 평론가인 양 '평'도 하겠지.

"근데 말이야, 중간에 그 장면은 너무 생뚱맞지 않아? 흐름이 끊기는 느낌이었달까." (그의 취미는 주말 프로그램에서 영화 평론가의 별점을 맞추는 거다).

하지만 G는 다르다.

"내가 세 장면에서 울었는데 말이지."

푸하! 그만 너무 크게 웃어버렸다. 역시 내 친구.

내가 아는 남자 가운데 가장 잘 울고, 눈물로는 여자까지 통틀어도 다섯 손가락 안에 드는 사람. G는 나의 남자 친구다. 띄어쓰기에 유의해야 한다. 나의 남자 띄고 친구다. 요즘은 성별만 이성이지 동성 친구 같은 남자를 두고 남자사람친구라 부르지만 나는 이 친구만은 그렇게 부르고 싶지 않다.

우리는 많이 막역했다. 사람들은 혹시, 설마, 아마도 같은 말로 시작하는 질문으로 우리의 관계를 캐물었다. 사랑보다 먼, 우정보다는 가까운 사이였던 남녀가 어느 날 갑자기 서로가 운명임을 깨닫는 로맨틱 코미디 영화를 너무 많이 본 탓이다. 내가 결혼하기 직전까지 꽤 많은 사람들이 의심의 시선을 거두지 않았으나 나는 무사히(?) 다른 남자와 결혼했고, 우리는 여전히 좋은 친구 사이다.

십수 년을 붙어 다닌 우리를 가장 불편하게 여긴 건 내 남자친구나 그의 여자친구도 아닌 G의 아버지였다. 전화할 때마다 같이 있는 이 여자 띄고 친구가 정말 그냥 친구냐고 몇 차례 물으셨다. 그런데 이 여자 띄고 친구라는 애가 훈련소까지 따라갔으니…….

다른 동기들에 비해 입대가 늦었던 G가 훈련소에 동행할 친구가 없다고 하기에 앞뒤 재지 않고 따라 나선 거였다. 버스를 타고, 기차를 타고, 다시 버스를 타고 도착한 논산 훈련소. 참한 한의사 며느리를 얻는 게 꿈이었던 G의 아버지는 참한 것과는 거리가 먼 국문과 동기의 등장에 적잖게 당황하신 눈치였다.

그때나 지금이나 나는 남자친구를 군대에 보내는 심정을 알지 못한다(전반적으로 운이 없었다 생각하는 내 인생에 작은 행운이라 여기고 있다). 그저 G를 배웅하러 처음이자 마지막으로 훈련소에 간 그날의 경험으로 어렴풋이 짐작할 뿐이다.

'내 친구가 군대에 가는구나' 했던 막연한 감정이 '꽃 같은 내 친구가 빌어먹을 군대에 가는구나'라는 안타까운 심정으로 바뀐 건 훈련소 화단에 꽂힌 푯말 때문이었다. '쓰레기를 버리지 마시오.' 대신 '여러분이 버리는 쓰레기는 여러분의 아들이 치웁니다.'라고 쓰여 있던, 전에 본 적 없는 종류의 협박. 방송에서만 듣던 교관의 '다나까' 말투가 확성기를 타고 훈련소 안을 울릴 땐 학생주임 선생님의 이유 모를 호출을 받아 교무실에 갈 때의 기분이 떠올랐다. 잘못 한 게 없는데 그냥 무서웠던 그 기분 말이다.

부모님께, 누나에게, 내게 차례로 인사하고 운동장으로 뛰어가는 친구의 뒷모습을 보는데 갑자기 코끝이 찡했다. 우왕좌왕 눈치를 살피며 줄을 맞추는 이름 모를 젊은이들 사이에서 경직된 얼굴의 친구를 찾아내고 또 찡해진다. 애인 군대 보내는 심정이 아니라 아들 군대 보내는 엄마의 심정을 아주 조금은 알 것 같던 순간. 〈입영 열차 안에서〉, 〈이등병의 편지〉 같은 입대 관련 노래들을 마음 속 배경음악으로 깔며 감상에 젖는데, G의 누나가 코앞까지 얼굴을 들이밀었다.

"야, 너 우냐?"

"아, 아닌데요?"

"엄마, 얘 울어."

"아니라고요!"

아버지까지 곁눈질로 내 얼굴을 살피시는 게 느껴져 얼굴이 화끈거렸다. 누나는 신이 나서 더 놀려댔는데, 다행히 어머니는 내가 정말 우는지 마는지 신경 쓰지 않으셨다. 자세히 보니 눈가가 촉촉했다. 불고기집에서 밥이 너무 꿀맛이라며 아들을 놀리실 땐 설마 진심일까 했는데(이 가족은 어떤 상황에서도 유머를 놓지 않는다) 운동장에 서있는 아들을 바라보는 눈빛은 진심이었다.

아무튼 우리는 그런 사이였다. 나는 G의 누나 결혼식에 가고, G는 내 조카 돌잔치에 오는 게 당연한. 연애 시절, 둘이 밤새 술을 마셨다 해도 내 남자친구가 전혀 개의치 않아 했던 사이(이 부분에서 그는 굉장히 자존심 상해했다).

한밤에 부대로 걸려온 전화. 엄마가 "여보세요." 하고 말을 잇지 못했을 때, 그는 직감했다. 돌아가셨구나, 할머니.

친할머니에 대한 기억이 없는 G에게 할머니는 외할머니였고, 할머니 댁은 방학이면 당연히 가는 곳이었다. 어른들이 하지 말라는 건 다 하고 다니던 고등학교 시절에도, 문득문득 편지를 쓸 정도로 할머니를 좋아했다.

장례식장에 도착했지만 도저히 들어갈 엄두가 나지 않았다. 내려오는 기차에서 군복을 입은 걸 망각하고 몇 년 치 눈물을 흘렸는데도 자꾸만 눈물이 났다. 안 되겠다 싶어 화장실로 가서 문을 잠갔다. 그리고 눈물이 마를 때까지 심호흡을 했다. 하지만 헛수고였다. 빈소에 들어서자 누나의 첫 마디.

"너 울었어?"

태연한 척 아니라고 했지만 역시나 헛수고였다. 코앞까지 얼굴을 들이민 누나는 그의 눈가에서 뭔가를 떼어내며 말했다.

"그럼 이건 뭐야?"

휴지였다. 좀 전에 화장실에서 눈물을 닦았던 그 휴지. 그 뒤로 그 애는 눈물을 닦을 때 절대 두루마리 휴지를 쓰지 않았다.

💧

지금은 없어진 홍대 극동방송국 맞은 편 2층 바에서, 에그 커리와 생맥주를 앞에 두고 '도원결의' 비슷하게 우정의 맹세를 한 적이 있다. 대학 시절 G가 무척 좋아하고 따랐던 형이 갑자기 세상을 떠나고 한 계절 정도가 지난 후였다.

"형이랑 마지막으로 통화했을 때, 나 너네 집에 있었다. 형이 보고 싶다고 오라는데 내가 친구랑 있다고, 나중에 전화한다고 했어. 그게 마지막이었어."

먼저 눈물이 터진 건 나였다.

"그러니까 가혜야. 우리 서운한 거 있으면 마음에 담아두지 말고, 그때그때 말하고 풀자. 우리가 언제까지 이렇게 같이 할 수 있을지 모르잖아."

그러자고 끄덕이다 고개가 툭 떨어졌다. G도 울었다. 한참을 울다 보니 허기가 졌다. 우리는 다 식어빠진 에그 커리라도 먹고 기운 내자며 잔을 부딪쳤다. 먼저 한 숟가락 떠먹은 그 애가 말했다.

"야, 맛은 있다!"

그 말에 웃음이 터졌다. 울다가 웃으면 안 된다고 하지만, 우린 같이 있을 때 두려울 게 없었다나, 어쨌다나.

우는 것도
연습이 필요해

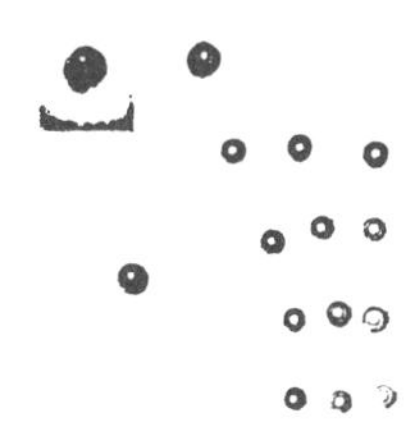

그렇게 아빠가 된다

오빠는 아이를 싫어했다. 식당에서 울거나 뛰어다니는 애들을 볼 때면 미간을 찌푸렸다. 울음을 그치게 하든지, 뛰지를 못 하게 하든지, 저게 무슨 민폐냐면서. 딸 하나의 아빠가 된 뒤에도 오빠는 크게 변하지 않았다.

한동안은 모 카드회사 광고를 몸서리치게 싫어했다. 귀여운 아이 둘이 나와 '아빠 힘내세요, 우리가 있잖아요. 아빠 힘내세요, 우리가 있어요'라고 노래하던 광고였다. 오빠는 아빠가 힘든 건 그 '우리' 때문인데, 우리가 있으니 힘내라는 말만큼 모순되는 게 어디 있냐고 불평했다. 카드 사용 장려를 위해 가장을 일터로 내모는 광고에 몹시 불편해 하는 오빠를 위해 나는 개사한 노래를 조카에게 알려줬다.

"아빠 힘내세요, 더 벌 수 있잖아요. 아빠 힘내세요, 더 벌 수 있어요."

그런 오빠에게 둘째가 생겼다. 채권자와의 법정 소송에서 지고, 운영하던 식당에서 언제 쫓겨날지 모르는 시기였다. 흔히 말하는 때가 좋지 않은 상황. 그런데 오빠가 전에 없던 부성애를 뿜어냈다. 첫째가 태어났을 때 아빠보다는 삼촌에 가까운 반응과 관심을 보였던 그가, 명절 연휴에 가족보다는 친구들과 놀고 싶어 엉덩이를 들썩하다 새언니와 크게 부부 싸움을 하는 통에 내가 조카를 안고 울게 만든 장본인이 변하고 있었다. 오빠는 뭔가 큰 다짐을 한 듯 보였고 나는 방에 걸린 작은 액자를 보고 그 변화를 눈치 챘다. 두 줄이 간 임신 테스트기를 넣은 액자 하단엔 이렇게 쓰여 있었다.

'이건 시작에 불과해'

만삭의 몸으로 식당을 뛰어다니다 첫째를 낳은 아내에게 오빠는 늘 죄인이었다. 태어난 아이의 손가락, 발가락은 다행히 열 개씩이었지만, 머리에 혹이 나 있었다. 새언니가 식당에서 뒤로 넘어지며 생긴 것 같다고 했다. 탈장 증세도 있었다. 오빠는 그게 다 자신 때문인 것만 같았다. 그래서 6년 터울로 생긴 둘째는 좋은 환경에서 태어나게 해주겠다고 다짐하며 미국 이민을 결심했다. 하지만 준비하던 이민은 무산되었고, 살던 지역조차 벗어나지 못했다. 이제 그가 아내에게 해줄 수 있는 일은 첫째 때보다 더 쾌적한 환경에서 아이를 낳고, 몸조리를 할 수 있게 해주는 것뿐이었다. 그래서 생각한 게 '가족분만실'이었다.

하지만 둘째 출산일에 오빠는 이 선택을 두고두고 후회하게 됐다. 사람들이 보는 앞에서 그렇게 많이 울어본 건 처음이었다나? 진통 시간 30분만의 출산이라는 경이로운 기록을 세운 새언니는 그 짧은 시간 동안 남편이 너무 창피했다고 한다.

"힘주느라 죽겠는데 너희 오빠가 옆에서 엉엉 우는 거야. 그래서 내가 힘주다 말고 그랬다니까. '너 왜 그렇게 울어?'"

언니에게는 그 순간이 헛웃음 나는 코미디였지만, 오빠가 기억하는 그 순간은 호러에 가까웠다. 아내가 누워있던 침대가 분만대로 변신하자마자 눈에 들어온 것은 열린 자궁문이었고, 분만이 임박해지자 아내 몸집의 두 배쯤 되는 간호사가 분만대로 올라가 배를 누르기 시작했다. 자신을 제외한 모든 사람들이 긴박하게 움직이는 전쟁의 한 복판에서 오빠는 할 수 있는 일이 아무것도 없었다. 할 수 있는 거라곤 지난 결혼 생활 동안 자신이 못 해준 것을 떠올리며 선 채로 우는 것뿐이었다. 그 날의 이야기가 놀림거리로 등장할 때마다 오빠는 무력한 얼굴로 말한다.

"가족분만실, 정말 비추한다."

그런 오빠의 눈물, 콧물이 쏙 들어가게 만든 사람은 바로 간호사였다.

"간호사가 아이를 받아 보더니 말을 제대로 못 하고 자꾸 의사를 보면서 그러는 거야. '어머 선생님, 아이가요. 아이가요…….'"

간호사가 말을 하는 그 짧은 시간 동안 오빠는 지옥을 맛봤다. 만약 아이에게 무슨 문제가 생기면 앞으로 어떻게 살아야 할지 눈앞이 깜깜해졌다. 그렇게 말을 잇지 못하던 간호사가 마침내 입을 열었다.

"아이가 너무 예뻐요."

너무 예쁜 아이를 들고 이 남자는 또 울었다.

이후 오빠는 제법 아빠 티가 났다. 아빠와의 돈독한 애착 관계 덕분인지 너무 예뻐서 간호사의 말문을 막히게 했던 둘째는 클수록 아빠를 쏙 빼닮으며 주변 사람들을 안타깝게 만들었다. 그로부터 6년 뒤, 오빠는 첫째와 띠동갑인 셋째를 맞이한다. 21세기 가족계획답지 않은 자매간의 터울보다 황당한 건, 이때 우리 집의 상황이 6년 전보다 더 나빠졌다는 사실이다. 임신 소식을 크게 축하하지 못하는 주변 사람들에게 오빠는 입버릇처럼 말했다.

"아이는 희망이다."

가족분만실에서 눈물을 쏙 뺀 그 남자는 그렇게 세 딸의 아빠가 되었다.

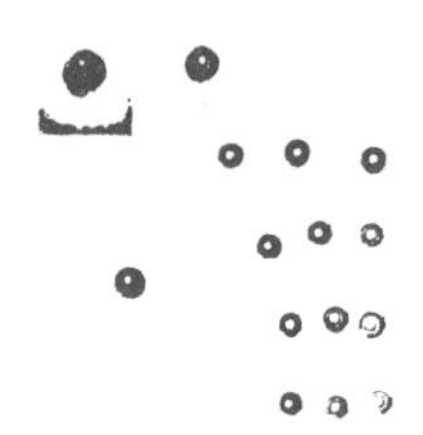

실연한 여자와 발정 난 고양이

20대 중반, 연남동 2층집에서 살았다. 나까지 여자 넷. 정확하게는 헤비 스모커 셋에 알코올홀릭 하나, 그리고 고양이 두 마리가 함께 살았다.

오래된 주택가, 마당에 감나무가 있는 2층 주택의 외관은 일일 드라마의 어느 다복한 집으로 나올 법했다. 연남동에서 친구들 넷이 같이 산다고 하면 언제나 지인들은 부러움 가득한 눈빛을 보냈다. 영화나 드라마에서 보던 '청춘의 아지트' 같다고. 여자 넷이 사는 집은 문을 열고 들어가는 순간 좋은 냄새가 날 것 같다고(이건 주로 남자들의 편견이었다), 디자인을 전공한 친구가 셋이나 되니 집은 또 얼마나 예쁘게 해놓겠냐며. 그러다 집에 와보면 다들 입이 떡 벌어졌다. 그들이 환상을 품었던 여자 넷의 공간은 그저 안 치우는 인간 넷이 사는 집구석이었으니까. 주먹만 한 먼지가 애완 이끼인 양 굴러다니고, 공기 청정기는 의미 없이 24시간 돌아가고, 고양이 오줌 냄새가 방향제의 존재를 비웃던 집. 영화 속 청춘의 아지트는 맞는데, 가장 흡사한 작품을 꼽으라면 트, 트레인 스포팅?

연남동 셰어하우스를 배경으로 한 청춘 드라마를 볼 때마다 그 시절 생각이 난다. 지나고 보니 좋았던 시절(드라마 속 그 집의 이름은 '벨 에포크'. 프랑스 말로 '좋은 시절'이라는 뜻)이지만, 그땐 참 하루하루가 갑갑하고 우울했다. 서울에서 처음 살아보는 '볕 잘 드는 방'에 작은 옷방까지 생겼는데도, 스무 살에 '잠만 자는 방'에서 지냈을 때보다 더 벽장에서 사는 기분이었다.

첫 단추를 잘못 끼워서일지도 모르겠다. 이사한 때가 2월. 보일러를 틀기 시작한 지 며칠이 지나도록 내 방 바닥이 따뜻해질 기미가 보이지 않았다. 며칠을 싸늘한 방에서 자고 나니 온몸이 쑤셨다. 방이 추워서 잘 수 없다고 전화를 넣자 주인집 아저씨가 잔뜩 부은 얼굴을 하고 나타났다. 바닥을 몇 번 짚어보더니 하는 말.

"난 또, 무슨 얼음장이라고."

난 또, 무슨 얼음장이라고? 내가 제대로 들은 게 맞나 싶었지만, 주인집 아저씨는 내가 오해하지 않게 그 말을 수차례 반복했다. 잠만 자는 방과 고시원, 다세대주택의 반지하 방. 서울 주거 형태 가운데 웬만한 할렘 스타일은 거의 다 겪어봤지만, 이렇게 무례한

집주인은 처음이었다. 이 상황에 나만 예의를 차릴 수는 없었다.

"아저씨 딸이면 이런 방에 재우시겠어요?"

눈을 동그랗게 뜨고 말하는 '젊은 사람'의 모습에 아저씨는 얼굴이 벌게졌다. 그리고 옷방 문을 벌컥 열어 바닥을 짚어보더니 '네 이놈! 감히 예가 어디라고' 하는 말투로 역성을 냈다.

"이 방은 따뜻하잖아! 여기서 자면 되겠구먼. 젊은 사람이 왜 그렇게 융통성이 없어?"

그로부터 2년이 지나 그 집을 나가는 날까지 내 방은 따뜻해지지 않았다. 아저씨는 딱 한 번 '전문가'라는 지인을 데려와 보일러를 대충 보더니 너무 노후돼서 교체밖에 방법이 없다고 통보했다. 더 이상 싸우지 않았다. 어차피 집에선 쪽잠 밖에 못 잘 정도로 바빴고, 바깥 날씨는 점점 따뜻해졌으며, 하우스메이트들이 침대를 사줬기 때문이다.

아무래도 난 돌아가야겠어
이곳은 나에게 어울리지 않아
화려한 유혹 속에서 웃고 있지만
모든 것이 낯설기만 해°

가만히 멍하게 있다 보면 〈서울, 이곳은〉 노래를 흥얼거리게 되던 시절이었다. 꿈에 그리던 잡지사 편집팀에서 상근으로 일하게 됐지만, 그곳은 나에게 어울리지 않는 듯했다. 집에서는 돈도 못 벌면서 들어도 뭔지 모를 일 하지 말고 당장 내려오라고 했다. 지역 신문사에 '빽'으로 넣어줄 테니 거기에 들어가라고.

일용직 사회생활과 함께 학자금 대출 상환이 시작된 후 내가 얻은 것이라면 거친 생각과 불안한 눈빛. 다행히 그걸 지켜보는 남자친구가 있었다. 하지만 고대했던 정규직의 꿈이 날아가고 기약 없는 백수 생활이 시작되자 그와의 사이마저 삐걱댔다. 한 달 벌어 한 달도 못 쓰며 지냈으니 비상금이 있을 리가 있나. 점심은 어떻게든 때우고, 저녁은 남의 돈으로 해결하며 몇 달을 버텼다. 만만한 게 남자친구라 그의 퇴근 시간까지 버티는 게 하루하루의 목표였다. 허리도 아프고 배도 고파 더 이상은 못 누워있겠다 싶을 때까지 늦잠을 자고 일어나면 그에게 문자부터 보냈다. '오늘은 몇 시에 끝나?'

취직한 지 얼마 안 된 남자친구 역시 힘에 부칠 때였다. 낯가림이 심한 그는 친구들과 같이 사는 집에 오는 걸 몹시 불편해 했는데, 언제부턴가는 고양이털 알레르기까지 생겨 대문 앞에서 내빼

∘ 장철웅, 〈서울, 이곳은〉, 1994

는 일이 많아졌다.

내 맘대로 되지 않을수록 그를 쥐고 흔들었다. 업무 시간에 문자로 성질을 긁고, 만나는 내내 나무랐다. 어쩌다 남자친구가 한숨이라도 쉬는 날엔 엄청난 배신이라도 당한 양 악악거렸고, 각자 집으로 돌아간 뒤에도 문자 폭탄을 던졌다. 그게 잘 먹히지 않을 때면 '헤어지자'고 했다. 한 번은 싸움이 꽤 진지하게 진행돼 다신 연락하지 말라는 엄포를 놓았다.

같이 사는 친구들은 또 저러는구나 했지만, 나는 진지했다. '진짜 이별'의 징표로 할 수 있는 게 뭘까 집안을 두리번대다 그의 칫솔을 발견했다. 본인은 필요 없다는데 굳이 내 맘대로 사서 욕실 거울에 붙여둔 것이었다. 칫솔을 쓰레기통에 처박고 나도 방에 처박혔다. 나만의 이별 의식이었다. 먹는 건 최소한으로 줄이고, 잠을 최대한 많이 잤다.

그렇게 얼마나 흘렀을까. 눈을 떠보니 해는 중천이었고, 친구들은 다들 나가고 없었다. 갑자기 허기가 졌다. 외로움은 덤이었다. 소변을 보려고 잠깐 변기에 앉았는데, 엉덩이가 떨어지지 않았다. 갑자기 눈물이 났다. 아무도 없으니 소리 내서 엉엉 울었다. 대체 여기서 뭘 하고 있는 걸까? 꿈이며, 사랑이며, 다 부질 없게 느껴졌다. 화장실에 울리는 울음소리는 왜 이리 또 처량한지, 그 소리에 더 눈물이 났다. 눈물도 메아리가 있구나 했다.

"야옹"

그때 '빠숑'이 나타났다. 하얀 털에 하늘색 눈을 가진 예쁜 터키시앙고라, 친구의 반려묘였다. 변기에 앉은 채 울다 새초롬한 생명체와 눈이 마주치자(집에 아무도 없다고 화장실 문도 닫지 않고 있었다) 순간 무안했다. 배가 고픈 순간을 제외하면 도도함이 하늘을 찌르는 고양이. 재 눈에도 지금 내 모습이 무척 한심하겠지. 그런데 반쯤 열려 있는 화장실 문을 부드럽게 밀치며 들어온 고양이는 내 다리에 몸을 비비더니, 나를 마주보고 앉아 울기 시작했다.

"빠숑…… 너도 외롭니?"

"야옹"

"나도 외로워."

"야옹"

나중에 이야기를 들은 하우스메이트들은 배를 잡고 웃었다. 웃길 생각은 없었지만 웃을 만한 상황이었다. 사실 빠숑은 그때 한창 발정기였다. 그날 오후 화장실에서 실연한 여자는 발정 난 고양이와 함께 울었던 것이다.

친구들의 웃음소리를 뒤로 하고 방으로 돌아와 남자친구에게

전화를 걸었다. 최대한 담백하게 사과했다. '미안해, 내가 잘못했어.' 그는 내가 칫솔을 쓰레기통에 처박은 걸 몰랐지만, 양심상 그냥 버렸다. 그 뒤로도 우리는 자주 싸웠지만 헤어지자는 말은 하지 않았다. 그래 봤자 칫솔밖에 더 버리겠나 싶었으니까.

어쨌거나 그날 이후 나와 빠숑 사이엔 전우애 비슷한 것이 생겼다(고 믿는다). 함께 울었던 생명체 중 가장 작은, 내가 울면 따라 울던 고양이. 변기에 엉덩이가 딱 붙어 떨어지지 않는 날엔 가끔 그 날이 떠오른다.

내가 좀 울어봐서 아는데

듣자마자 기분 상하는 말.

'기분 나빠하지 말고 들어.'

작가이자 코미디언인 유병재의 어록 중 하나다.

인터뷰어로 그를 만났을 때, 듣자마자 기분 상하는 말엔 또 뭐가 있는지 묻자 그는 자신의 가능성을 차단하는 말이라고 했다. '그렇게 해서 되겠냐', '그렇게 하면 안 되지' 같은 말들. 그런 말을 들었을 때 어떻게 떨쳐버리는지도 알려줬는데 그게 꽤 유용한 방법이었다.

"일단 못 들은 척 하고요. 집에 가서 그 말을 한 사람의 단점을 계속 생각해요. 그러다 보면 귀담아 듣지 않아도 되겠다는 생각이 들어요."

내게도 듣자마자 귀를 닫게 되는 말이 있다.

'내가 해봐서 아는데……'

조언인 척하지만, 실은 자신의 인생을 표준인 양 내세우며 상대의 인생에 똑같은 잣대를 대는 행동, 꼰대짓. 하지만 우리는 안다. '안다'고 말하는 사람보다 '모른다'고 말하는 사람이 실은 더 그 상황을, 상대의 마음을 잘 안다는 것, 적어도 알기 위해 더 노력한다는 것을 말이다. '내가 해봐서 아는데'라는 말만큼 무서운 독선과 아집은 없다.

〈악마는 프라다를 입는다〉를 책이나 영화로 본 지인들이 '네 생각이 나서'라며 종종 연락을 해 오던 사회 초년생 시절. 한 달에 한 번씩 전쟁 같은 마감을 해야 하는 잡지사 업무도, 여자 선배들이 빼곡한 조직 생활도 서툴기만 했던 나는 화장실과 비상구 계단에서 참 많이 울었다. 매일 얻어터졌으니까. 머리채를 잡히거나 정강이를 걷어차이진 않았지만, 날 보는 누군가의 눈빛에 멍이 들 수 있다는 걸 처음 알게 되었다.

그래도 깨지는 자리에선 울지 않았다. 울면 지는 거라던 고모의 말이 내 몸 어디에 박혀 있어서였을까? 혼날 땐 혼나더라도 지고 싶지 않았다. 넌 안 돼, 라고 말하는 눈빛 앞에서 무너지고 싶지 않았다. 검지를 관자놀이 근처에서 뱅뱅 돌리며 '생각이란 걸 좀 해'라던 선배 앞에서 무너지지 않기 위해 태어난 이래 가장 오래 숨을 참았던 그날. 나는 사무실을 나오자마자 택시를 잡아탔다. 지갑에 얼마가 있는지도 몰랐지만, 일단 몸을 숨겨야 했다.

그 시절 내 감정의 8할은 억울함이었다. 내 잘못은 바로 보지 못하고 억울한 마음만 컸던 사회 초년생의 울분. 〈미생〉의 장그래처럼 "모르니까 가르쳐 주실 수 있잖아요?" 묻지는 못하면서, '난 그 선배처럼 되지 않을 거야' 같은 다짐만 했다.

G는 명랑하고 맹랑한 어시스턴트였다. 마감 앞에선 너나 할 것 없이 까칠해지는 선배들 앞에서 전혀 주눅이 들지 않는, 예상치 못한 순간에 던지는 농담으로 선배들 미간의 주름을 펴는 아이. 일도 똑 부러지게 잘 했는데, 한 가지 단점이라면 본인이 똘똘한 걸 안다는 것이었다. 가끔 넘치는 자신감에 띄엄띄엄 일을 했는데, 그게 유난히 내 눈에 많이 띄었다. 그 모습을 보며 '저러다 한 번 혼나지' 했는데 이제 와 생각해 보니 '저 녀석 한 번 혼내야지' 했던 것 같다.

월요일 오전 촬영에 쓸 소품을 주말 동안 빌려놔야 하는 상황이었다. 나는 앞선 과정을 다 처리한 후 G에게 일요일 픽업만 부탁하기로 했다. 아직 소품 대여를 해본 적 없는 어시스턴트에게 맡기자니 미덥지 않은 게 첫 번째 이유였고, 마감 직후의 주말을 방해하면 안 된다는 나름의 아량이 두 번째 이유였다.

토요일 오후에 전화해 앞선 과정은 내가 다 처리했으니 너는 내일 퀵을 불러 물건만 받아가지고 오면 된다는 내용을 전달할 때까지만 해도, 나는 내 배려심에 도취된 상태였다(세상에 이런 선배가 어디 있담?). 하지만 그 기분은 오래 가지 않았다. 통화를 마치고 얼마 지나지 않아 퀵 서비스 업체에서 해당 소품을 픽업하러 가고 있다고 전화를 해온 것이었다.

화가 났다. 직전에 전화로 내가 한 말을 얼마나 띄엄띄엄 들었으면 이렇게 바로 실수를 할까? 나는 그 애가 생경한 이태원 가구 거리를 헤매며 토요일을 날려 버릴까봐 직접 가서 소품을 고르고 결제까지 하고 왔는데, 할 일이라곤 퀵 서비스 업체에 전화해 물건을 받는 게 전부였는데 그게 뭐가 어렵다고? 렌털 비용이 늘어나면 어떻게 처리할지도 걱정이었다.

이런 내 속도 모르고 수화기 너머의 목소리는 낭랑했다. '저는 지금 막 선배가 시킨 일을 아주 똑 부러지게 처리를 했는데, 혹시 더 시키실 게 생각나셨나요?'라고 묻는 듯 반갑게. 거기에 더 약이 올랐다. 5분 넘게 취조하다시피 그 애를 다그쳤다. 낭랑한 목소리는 생각지 못한 이야기에 당황하더니 일단 비용 문제를 확인해보겠다고 했다.

통화를 끊고 할 줄도 모르는 단전호흡을 했다. 흥분을 가라앉혀야 했다. 나는 일하면서 후배를 혼내는 걸 남자친구와 싸우는 것보다 열 배, 스무 배 더 싫어했다. 후배를 세워놓고 길게 한숨을 쉬거나 머리를 쥐어뜯을 때마다 내 지난 쭈구리 시절이 생각났다. 모르고 그랬는데, 일부러 그런 게 아닌데 나의 머리 회전과 사회성을 지적하며 내 가능성을 짓밟던 말들이 떠올랐다. 그 시절의 나는 저런 선배가 되지 않겠다고 다짐했었건만, 지금의 나는 이 후배한테 그런 다짐을 하게 만드는 선배가 된 것 같아 기분이 참담했다.

휴대전화 화면에 뜬 G의 이름을 보고 나는 몇 초간 호흡을 가다듬은 다음 통화 버튼을 눌렀다.

"선배, 렌털비는 똑같대요……."

처음 들어보는 주눅든 목소리. 운 것 같았다.

'아니 왜 울어? 내가 울 정도로 혼낸 거야? 지금 울고 싶은 건 나라고 이 녀석아!'라고 생각만 하면서, 나는 내가 정말 이성적으로 꾸짖었음을 강조하며 물었다.

"왜 우는 거야? 너는 일부러 그런 게 아닌데 내가 너무 다그쳐서 억울하니?"

더 나무랄 준비가 되어 있었지만, 이어서 돌아오는 답이 내 말문을 막았다.

"아니요 선배, 이건 '안도의 눈물'이에요……."

그때 난 선배의 위신을 세우고 싶었던 걸까? '내가 해봐서 아는데'란 말을 가장 싫어한다는 사람이, '내가 좀 억울하게 혼나봐서 아는데 너 설마 이 상황이 억울해서 우는 거니?'라고 묻는 코미디 중의 코미디. 예상치 못한 반격은 너무 귀여웠고, 그 순간 내 모습은 너무 부끄러웠다. 그래서 웃었다. 그리고 멋쩍게 통화를 끊었다.

나는 굽실대지 않은 사람을 불친절하다고 생각했던 것 같다.
갑질은 내가 하는 것이었다.

유병재의 또 다른 어록 중 하나다. 갑질을 경계한다고 믿었던 자신에게서 발견한 갑질을 반성하며 쓴 글. '니가 아는 거라곤, 니가 다 아는 줄 아는 것뿐이다'라는 말과 함께 나 자신을 돌아보게 하는 말이다. 그날 G는 내가 아는 거라곤, 내가 다 아는 줄 아는 것뿐이란 사실을 깨닫게 했다. 나는 혼날 때 우는 사람은 억울해서 우는 거라고만 생각했다. 꼰대짓은 내가 하는 것이었다.

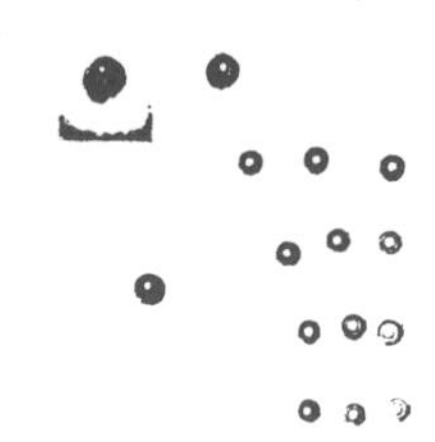

이 눈물은 모른 척 해주세요

나도 안다. 나는 오지랖이 넓다. 잘 알지도 못하면서, 내 앞가림도 못하면서 말이다. 고모는 늘 말했다. 남을 돕는 건 성공한 후에 하면 된다고, 그전엔 주제 넘는 일이라고. 반항하려고 그런 건 아니지만, 결과적으로 나는 세상 오지랖 넓은 인간으로 커버렸다. 눈에 보이는 거의 모든 사람에게 감정 이입을 하고, 마음 아파하고, 개미 손일지라도 도움이 되고 싶어 하는 인간.

특히 외면할 수 없는 두 가지는 술에 취한 사람과 우는 아이이다. 술에 취해 길에서 자고 있는 사람을 보면 꼭 112에 전화해 집으로 인도하고, 우는 아이를 보면 울음이 그칠 때까지 옆에 있어준다. 그러지 않으면 집에 가서도 계속 생각이 나 잠을 잘 수가 없다. 남일 같지 않아서다. 술에 취한 게, 아무데서나 자는 게, 서러운 게, 서

글프게 우는 게. 그럼 술에 취해 우는 사람은? 하…….

그래도 이것만은 오지랖 떨지 말아야지, 하는 것이 있다. 참고 있는 눈물을 아는 척 하는 것. 지금, 이곳에서, 이 사람들 앞에서 울고 싶지 않아 온 힘을 다하고 있는 사람을, 중력을 거스르며 겨우 붙들고 있는 눈물을 '아는 척' 하는 게 싫다.

다짐의 시작은 영화 〈집으로〉였다. 그날 강변 테크노마트 엘리베이터에서 나는 통곡하며 다짐했다. 누군가 힘겹게 눈물을 참고 있다면 봤어도 못 본 척 하겠다고. 거기가 엘리베이터라면 더더욱, 무조건.

누구에게나 감정의 둑을 무너뜨리는 대상이 있다. 내겐 할머니가 그랬다. 다섯 살 아니면 여섯 살. 자다가 깨보니 할머니가 울고 있었다. 내 머리맡에서, 내 머리를 만지며, 거칠게 딸꾹질하듯 숨을 껄떡껄떡 넘기며 같은 말을 반복했다.

"불쌍해서 어찌 할꼬."

그때 처음으로 연민이란 감정을 느꼈다. 불쌍하고 가여운, 외면하고 싶지만 자꾸만 눈에 밟히는 애틋한 마음. 나는 눈을 감은 채, 잠든 척 할머니의 슬픈 곡조를 들었다. 할머니가 들으면 기도 안 찰 소리지만, 그때 나는 할머니를 연민했다. 잠든 손녀 곁에서 혼자 울고 있는 노인을, 일생에 남자 복이란 없던 가여운 여인을.

할머니가 돌아가시고 한 달 아니면 두 달 후, 친구들과 분식집에 갔다. 처음 가는 곳이었는데 할머니가 주인이었다. 학생들이 주로 오는 분식집을 혼자 운영하기엔 어딘가 버거워 보이는 나이. 부디 그 분의 미각이 간을 보는 덴 문제가 없기를 바랐다. 그런데 순대와 어묵 국물이 앞에 놓인 순간, 갑자기 눈물이 났다. 그것도 뺨을 타고 줄줄. 친구들이 일제히 얼어붙었다. 한 친구는 놀라서 왜 그러냐고 묻고, 한 친구는 침묵했다. 후자가 친한 친구였다.

〈미술관 옆 동물원〉 감독의 영화라고 했다. 포스터엔 시골 초가집 앞에서 할머니와 손자가 함박웃음을 짓고 있었다. 할머니가 등장하긴 하지만 괜찮을 거라 생각했다. 순하디 순한 인상의 김을분 할머니 때문이었다. 욕쟁이 우리 할머니와는 너무나 다른, 술 담배엔 손도 안 댈 것 같은 할머니. 게다가 할머니와 손녀가 아니라, 할머니와 손자의 이야기라니까.

하지만 언제나 방심은 금물이다. 나는 엔딩 크레디트가 올라가는 내내 울었다. 좌석을 정리하는 극장 스태프가 옆에 서서 헛기침을 하지 않았다면 다음 날까지 울고 있었을지도 모른다. 친구의 부축을 받다시피 하며 극장을 빠져 나오긴 했는데, 북적대는 엘리베이터에 몸을 구겨 넣은 게 실수였다. 앞뒤 옆 사람의 대화 소리는 물론이고 숨소리까지 생생하게 들리는 그곳에서, 자꾸만 곤란하게 소리가 샜다.

으으으음, 으으으음.

극장에서 다 울고 나오지 않은 게 화근이었다. 두 주먹을 불끈 쥐고 입술을 꽉 깨물어 봐도 소용없었다. 사람들이 소리의 근원지를 찾아 두리번거릴수록 소리는 더 커졌다. 웃긴 생각을 하자, 웃긴 생각. 그래, 할머니가 욕 다음으로 잘 하는 게 방귀 뀌는 거였지, 밥 먹을 때만이라도 뀌지 말라고 화도 내봤지만 소용없었잖아, 참다 뀌면 썩은 내 나는 법이라고, 너 때문에 방귀 참아 병이라도 나면 어쩔 거냐고. 하여간, 할머니도 참……. 이게 아니다, 딴 생각을 하자, 딴 생각.

힐끔거리는 시선들 사이에서 아닌 척 바닥에 고개를 박고 있는데, 옆에 서있던 아주머니가 내 쪽으로 고개를 돌리는 게 느껴졌다. 잘못 고개를 돌렸다간 '비쥬(프랑스식 인사)'도 할 수 있을 만큼 가까운 거리. 눈이 마주치면 끝이었다. 얼굴 근육을 있는 대로 긴장시켜 눈물을 말리는데, 세상 인자한 목소리가 안내 방송처럼 엘리베이터 안에 퍼졌다.

"아이고 학생, 할머니 생각나서 그러는구나?"

그 순간 터져버렸다, 사이렌 같은 울음이. 으아앙, 으아앙 소리가 엘리베이터 안을 울렸다. 잊고 있던 가방 속 우유팩이 친구의 장난스런 발길질에 터져 질질 샜던 언젠가가 떠올랐다.

💧

나도 안다. 그날 엘리베이터에서 내게 말을 건 아주머니는 분명 좋은 분이다. 젊은 사람이 부들부들 떨며 울음을 참는 모습이 안쓰럽고, 보아하니 같은 영화를 보고 나와 왜 우는지 알 것 같아 위로해주고 싶었을 거다. 하지만 나는 아주머니가 원망스러웠다. 그날 엘리베이터에서 주사 맞은 아이처럼 눈물이 터진 뒤 지하철을 타고 가는 내내 울었다. 친구가 연신 손을 잡아주고, 등을 쓰다듬어줬지만 별 소용이 없었다. 새빨개진 눈과 코를 가리려면 코주부 안경이 필요했지만, 그런 게 있을 리 있나. 오후 수업을 듣기 위해 학교에 갔을 땐 보는 사람마다 무슨 일이 있냐고 물었다.

초등학교 5학년 가을, 운동장 한가운데서 할머니한테 맞았다. 하필 운동회 연습으로 전교생이 운동장에 나와 있던 시간. 갑작스러운 등장에 무슨 일이냐고 물으려는 순간, 할머니의 손이 내 머리채를 잡더니 사정없이 흔들었다. 대체 이게 무슨 날벼락이람? 전날 저녁, 친구 집에서 자고 온다고 했을 때만 해도 웃으며 보내줬던 할머니. 대체 내가 무슨 잘못을 한 거지? 나중에 알게 된 내 죄목은 외박이 아니라 아침에 집에 들러 인사를 하지 않은 것이었다. 담임선생님이 한참을 뜯어 말리고 나서야 할머니의 손아귀 힘은 풀렸고, 그 손에서 튕겨 나오다시피 빠져 나온 나는 친하던 6학년 언니 품에 안겨 엉엉 울었다. 갑자기 이 이야기가 왜 나왔냐면, 이 날 이후로 가장 창피하게 운 날이란 말을 하고 싶어서다.

그리고 정말 하고 싶은 말은, 누군가 남에게 보이고 싶어 하지 않는 슬픔은 보여도 안 보이는 척, 봤어도 못 본 척 해주었으면 하는 거다. 골방에 틀어박혀 울고 싶어 하는 사람을 광장으로 끌어내지 않았으면, 왜 우냐고 묻지도 따지지도 맞추지도 않았으면. 오늘의 오지랖이었다.

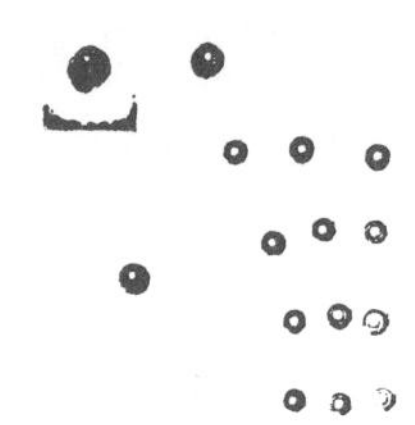

우리, 정신과나 갈까?

상담을 받아야지, 생각한 건 꽤 오래 전이다. 정신과 상담실에 가면 의자와 침대의 중간쯤으로 보이는, 다리까지 올려 누울 수 있는 긴 의자가 있다. 환자가 의사와 마주보지 않고 자신에게 집중하며 이야기할 수 있도록 프로이트가 처음 도입해 '프로이트의 의자'라고 불리는 카우치. 나는 스물다섯에 처음 누워봤다.

그때 한집에 살던 M은 동행을 자처하며 상담을 권했다. 처음 그 말을 들었을 땐 맘이 적잖이 상해 '네 눈엔 내가 미친 걸로 보이냐' 물었다. 다른 사람이라면 몰라도 너한테는 그런 말 듣고 싶지 않다고 돌려주기도 했다.

다혈질로 낙인찍힌 B형은 인류의 4분의 1이나 되고, 의외로 소심한 것도 남에게 피해는 주지 않을 정도. 학창시절 행동발달 사항도 '활발함, 대인관계가 원만함' 정도로 무난했다. 알코올 중독을 의심한 적도 있으나 혼자 마시는 술은 맥주밖에 없으니 통과. 하지만 실은 알고 있었다. 나의 주변 사람들이 걱정하는 것이 무엇인지. 바로 '평화적 삶'을 추구하는 나의 이상과는 크게 어긋나는 난폭한 술버릇이었다.

정신분석에서는 사람들의 마음속에 '어린아이'가 있다고 말한다. 그런데 내 안의 어린아이는 무슨 설움이 그리 많은지 술만 마셨다 하면 난장을 쳤다. 어느 날은 보다 못하겠는지 M이 말했다.

"분명 억눌린 게 있는 거야. 평소엔 욕도 안 하던 애가 왜 취하기만 하면 고래고래 욕지거리를 하겠어? 네가 참는 게 뭔지는 몰라도 의사한테 털어놓고 나면 후련해지지 않을까?"

아무리 그래도 정신과는 좀, 그랬다. 지금 생각하면 그게 뭐라고 싶지만, 그땐 팬티 속이 불편해도 산부인과 가는 게 더 불편해 참던 시절이었다. 산부인과에 가면 의사가 대뜸 "성관계 해봤어요? 언제 처음 했어요? 마지막은?" 하고 묻는다고 했다. 누구는 서른까지 경험이 없어 사실대로 말했는데 의사가 안 믿더라는 불쾌한 경험담도 들었다. 사실이 부끄러운 게 아니라 집에다가는 절대 말 못할 내 사적인 역사를 처음 보는 사람에게(그가 아무리 의사래도) 고백하고 나서 내 의지와는 상관없이 다리가 벌려지는 '굴욕의자'에 올라가야 한다는 게 영 내키지 않았다. 그래서 불편해도, 의문이 들어도, 걱정이 돼도 참았다. 그런데 정신과는 그보다 한 열다섯 배쯤? 더 꺼려졌다.

마음을 고쳐먹은 건 오랜만에 걸려온 후배의 전화 때문이었다. 꽤 가깝게 지내던 그 애가 어느 날부턴가 연락이 안 돼서 걱정을 했었는데 못 본 사이 정신과 진료를 받았다는 이야길 들려줬다. 아무도 만나고 싶지 않아 한동안 집에만 틀어박혀 지냈다고, 가족들의 권유로 병원을 다니기 시작했는데 많이 좋아졌다고, 이젠 다시 사람들을 만날 거라고, 보고 싶었다고 했다. 이렇게 씩씩하고 다정한 아이도 사람이 싫을 때가 있구나, 마음의 상처를 드러내는 게 결코 쉽지 않았을 텐데 용기를 냈구나, 놀랍고 대견한 마음이 들었다.

그 달 기획안에 정신과 상담 체험기를 쓰고 싶다고 냈다. 기사는 시의성이 중요한데 기획의 핑계는 그쯤 개발된 '아픈 기억을 지우는 약'이었다. 뉴스 제목만 봤을 땐 영화 〈이터널 선샤인〉처럼 특정 기억을 지워주는 건가 했는데, 알고 보니 특정 기억을 상기시켰을 때 아픈 감정이 들지 않도록 도와준다고 했다. '이런 약이 개발될 정도라면 세상에 잊고 싶은 기억을 가진 마음 아픈 사람이 많다는 것이고, 본인은 늘 특정 술주정에 의문을 갖고 있던 바, 이번

참에 상담을 받아 기사화하면 독자들이 흥미로워 하지 않을까요'
라고 썼다.

기획안은 통과됐고, 덕분에 《정신분석에로의 초대》, 《30년만의 휴식》 등을 쓴 정신과 전문의 이무석 선생님께 세 차례의 상담을 받게 되었다. 인생의 첫 정신과 상담을 국내에 몇 안 되는 국제 정신분석가에게 받다니. 막상 상담 날짜를 잡고 나니 겁이 났다.

나는 어려서부터 '들여다보는' 어른이 무서웠다. 생활기록부를 펼쳐놓고 기다리는 선생님이 무서웠고, 청진기를 댄 채 말이 없는 의사가 무서웠으며, 딱 한 번이었지만 내 생년월일을 묻는 역술가가 너무 무서웠다. 정신과 의사는 그 무서운 어른들을 합쳐놓은 사람 같았다. 그런데, 첫 상담일에 지각이라니!

"늦었다고 생각했을 때 기분이 어땠나요?"

"신용을 잃겠구나 생각했어요."

그 순간, 왜 고모가 떠올랐을까? 상담실에 들어가기 전 초조하고 불안했던 마음이 안방 문 앞에서 느꼈던 감정과 비슷해서였는지도 모르겠다. 칭찬에 인색하고 실수는 용납하지 않던 고모, 한 번 믿음을 깨면 한동안 '불량' 딱지가 붙었던 사춘기 시절의 상처와 불안. 푸근한 인상의 선생님은 내가 기자와 피분석가 사이에서 역할 갈등을 겪는 것 같다며 마음을 편하게 가지라고 하셨다. 기사는 나중에 생각하라고.

바짝 당겨 앉았던 자세를 풀어 의자에 등을 기댔다. 딱딱해 보였는데 생각보다 편안했다. 하긴, 불편한 의자에 앉아 속마음을 털어놓긴 쉽지 않겠지. 상담을 받기로 결심한 이유로 입을 뗐다. 술에 취하면 소리를 지르고, 욕설을 하고, 평소엔 절대 하지 않을 위험한 행동들(대로를 가로질러 달리거나 난간 끝에 매달렸다)을 한다고.

"본인이 생각했을 땐 이유가 있나요?"

"……."

"……."

"평소에 많이 참는 편이에요. 서운해도 참고, 화가 나도 참아요. 사람들은 참는 건지 모르죠. 그냥 성격이 좋구나, 이해심이 많구나 생각할 거예요. 그런데 그렇지 않거든요. 많이 서운하고, 많이 맘이 상하는데 그냥 괜찮은 척, 착한 척 하는 거예요. 사람들한테 내 기분을 드러내는 게 편하지 않아요. 싫어하면 어떻게 하나 겁이 나죠."

나는 미움 받는 게 세상 그 무엇보다 두려웠다. 태어난 지 얼마 되지 않아 부모는 이혼했고, 부모를 대신해 나를 키우는 사람들을 실망시키면 안 된다는 이야기를 늘 들으며 자랐다. '하기 싫어요', '못 하겠어요'라는 말은 허락되지 않았다. 누구나 사랑 받고 싶어 하지만 나는 미움 받지 않는 게 더 급했다. 거절하지 못하고 화내지 못하니 언뜻 착해 보였지만, 내 안의 피해의식은 나날이 커졌다. 참고 참다가 눈물이 터지면 주변 사람들은 늘 비슷한 반응을 보였다. 갑자기 왜 그래, 아무렇지 않다가 왜 그래, 이제 와서 왜 그래…….

나름 담담하게 말하고 있었는데, 어느 순간 눈물이 볼을 타고 흘렀다. 테이블에 놓인 티슈를 두어 장 뽑아 턱 끝에 달린 눈물을 훔쳤다.

💧

나는 정말 불량 환자다. 마감으로 밤을 꼴딱 새우고 상담을 받으러 오다니. 내면의 고단함을 이야기하기엔 몸이 더 피곤했다. 하지만 상담의 흐름이 끊기지 않아야 효과적이라는 이야기가 생각나 상담 시간을 미룰 수 없었다.

"일주일 전에 만나고 나서 어떤 기분이 들었나요?"

"상담을 받기 전에는 솔직히 두려웠어요. 처음 보는 사람 앞에서 발가벗겨지는 느낌은 아닐까. 처음에는 선생님이 고모처럼 느껴지더라고요(정신분석을 하면 분석가에게 다른 대상을 투사하는 '전이(Transference)'가 발생한다고 한다). 무서웠죠. 동시에 인정받고 싶은 맘도 들었고요. 그런데 막상 제 고민을 이야기하면서부터는 고모 생각이 나지 않았어요. 눈물이 났을 땐 당황스러웠지만, 울고 나니 한결 기분이 가벼워졌어요."

선생님과 나 사이의 '적당한 거리'가 좋다는 이야기도 했다. 내가 눈물을 흘린다고 해서 손을 잡아준다거나 휴지를 건네주지는 않지만, 편안하게 경청해주는 정도의 거리가 좋다고. 피곤함에 방어 기제도 풀어진 건지, 지난번보다 수다스러워진 느낌이었다. 친구들 사이에서는 어떤데 남자친구 앞에선 어떻고, 되고 싶은 사람은 이런 건데 실제는 어이없게 이런 모습이고, 조잘조잘. 그러다 어느 순간 말이 끊겼다. 기억 하나가 목구멍에 턱 걸렸다. 나는, 그것을, 이야기할 수 있을까?

정신과 상담을 받겠다 결심했을 때, 나는 이것이 어쩌면 나의 '고해성사'가 될 지도 모르겠다는 생각을 했다. 고등학교 시절, 미션스쿨에 다녔던 나는 천주교 신자인 친구들을 부러워했다. 미사 시간에 쓰고 있는 예쁜 미사포도 부러웠지만, 진짜 이유는 고해성사 때문이었다. 자신의 죄를 고백하고 용서를 구할 수 있다니, 한편으론 정말 그 어떤 이야기도 다 할 수 있을까 의구심이 들면서도 고백하고 털어낼 수만 있다면 경험해 보고 싶었다. 나도 누군가에게 나를 괴롭히는 나쁜 기억을 고백할 수 있다면, 그래서 내 삶을 회복할 수 있다면 얼마나 좋을까?

나는 잊고 싶지만 절대 잊히지 않는 어린 시절의 기억이 있다면서 머뭇거렸고, 선생님은 재촉하지 않았다.

"오늘은 여기까지만 할까요?"

토요일 아침, 광주행 버스에 올랐다. 상담 장소의 이동이란 좀처럼 없는 일이지만, 전남대 병원에 계신 박사님께 특별히 부탁 드려 두 번을 서울에서 만났기에 오늘은 광주에 있는 연구실에서 상담을 갖기로 했다.

다시 마감은 시작되었지만 고속버스를 타고 처음으로 광주에 간다. 다녀와서 쓸 기사는 막막해도 혼자 떠나는 여행이라 생각하니 설렌다. 이래서 자기 치유의 의지란 즐거운 것이라고 하나 보다. 개인 상담실로 가다가 대학 병원 앞에 서니 잠시 움츠러드는 기분도 들었지만, 환하게 웃으며 반기는 선생님을 보자 마음이 놓였다. 그래, 누구나 다 마음이 아픈 환자니까. 프로이트의 딸이자 소아정신분석가였던 안나 프로이트는 말했다. '갈등이 완전히 해결된 인간이란 없다'고.

지난 시간에서 이야기가 이어졌고, 잠시 주저했던 나는 태어나서 처음으로 그 나쁜 기억과 현재로 이어지는 증상들을 말했다. 감정이 복받쳤다. 내 안에서 성장을 멈춰버린 '어린아이'도 울었다. 내겐 그런 일이 없었고, 지금의 나는 행복하다고 믿기 위해 마음속 골방 어딘가에 처박아두었던 상처받은 아이. 그래야 살 수 있다고 생각했다. 취하지만 않으면 괜찮아 보이는 줄 알았다. 기억과 연결된 아픈 감정이 비만세포처럼 몸을 불려갔지만, 모른 척 그렇게 살았다.

오래 울었다. 시간이 얼마나 흘렀을까 생각하지 않고, 눈물이 동날 때까지 열심히. 선생님은 내가 우는 동안의 시간을 지켜주셨다. 무언가를 의식하거나 후회하거나 부끄러워하지 않도록 조용하고 우직하게. 다 울고 나니 몸이 가벼워진 느낌이었다. 그러모아도 요구르트 한 통을 못 채울 눈물은 고작 해야 몇 그램이지만, '어린아이'를 가둬놓느라 눌러둔 마음의 돌덩이는 내 삶을 짓누르는 무게였다.

그렇게 세 번의 상담 후, 나는 '프로이트의 카우치에 눕다'란 제목의 기사를 썼다. 전문(본문을 시작하기 전 기사를 요약 설명하는 글)은 이랬다.

'마음 아픈 사람은 많은데 병원 찾는 사람은 없다. 그 문턱 한번 높아 보이던 정신과 상담실, 들어가 보니 이만한 휴식이 없더라.'

십수 년 전에 쓴 글이라 문체는 꽤 복고적이지만, 그때도 지금도 하고 싶은 말은 같다. 우리, 정신과나 갈까?

내 친구의 집은 어디인가

똑똑똑, 똑똑똑.

그때 나는 방에서 울고 있었다. 그런데 누군가 집 철문을 두드렸고, 흠칫 놀라 눈물부터 훔쳤다. 방음 한 번 억세게 안 되는 다세대주택. 혹시 옆집 사람이 항의하러 온 건 아닐지 겁이 났다. 문을 빼꼼 열면 화를 억누르는 얼굴로 '거 좀 조용히 좀 웁시다' 같은 말을 하는 건 아닐지.

뒤꿈치를 들고 살금살금 문 쪽으로 다가갔는데 익숙한 목소리들이 들렸다.

"문 뒤에 숨을까?"

"여기서 어떻게 숨어. 그냥 '서프라이즈!'나 해."

"'짜잔'으로 해 그냥, '짜잔'으로."

유치한 작당 모의. 결론이 나지 않은 상황에 문을 열어젖혔더니 누군 '짜잔' 하고, 누군 입만 빵긋, 누군 웃음이 터졌다. 이 와중에 목소리가 가장 큰 사람은 검은 비닐봉지를 흔드는 친구였다.

"순대 사왔다!"

순대다. 날 좀 아는 사람들이 내가 배가 고프든, 몸이 아프든, 남자한테 차였든, 하여튼 상태가 좀 안 좋다 싶을 때 만병통치약으로 사 들고 오는 나의 소울 푸드.

ὀ

한 시간 전까지 나는 이 친구들과 술집에 앉아 수다를 떨고 있었다. 새 학기를 일주일 정도 남긴 방학의 끝. 오랜만의 만남에 말하고 싶은 사람은 번호표를 뽑아야 할 정도로 소란스러웠다. 그런데 내 휴대전화가 울렸고, 다급하게 자리에서 일어나자 일순간 자리가 조용해졌다. 전화를 받으러 나간다는 건 앞에서 하기 곤란한 통화란 의미. 심상치 않은 분위기를 느낀 친구들의 눈이 뒤통수에 따라붙었다.

등록금 문제였다. 여느 때처럼 학자금 대출을 하려 했는데 어쩌다 시기를 놓쳐버렸다. 달리 방법이 없던 나는 오빠에게 문자로 상황을 알렸고, 감감무소식에 애만 태우던 차였다. 오빠는 통화 내내 한숨을 쉬더니 지금 상황이 좋지 않아 어떻게 될지 모르겠다며 일단 끊자 했다. 어떻게든 해결해야지, 같은 말을 기대했던 나는 뚝, 하고 끊는 소리에 그대로 굳어버렸다.

다시 자리에 앉자 시선이 내게로 쏠렸다. 오랜만에 모여 이제 막 재미있어지는데, 이런 이야기로 찬물을 끼얹고 싶지 않았다. 털어놓는다고 해서 한결 마음이 가벼워질 문제도 아니었다. 스르륵 일어나 집에 가겠다고 했더니 친구들이 손을 잡아끌었다. 무슨 일인지 얘기해보라고, 집에 혼자 있으면 더 우울하다고. 그 손을 푸는데 금방이라도 눈물이 터질 것 같아 미간에 힘을 주었다. 속눈썹이 젖어서 자꾸만 눈꺼풀이 들러붙었다. 내 표정을 살피는 친구들에게 마지막 힘을 다해 희미하게 웃어 보이고 도망치듯 술집을 나왔다. 그랬는데, 이 녀석들이 내 집에 쳐들어온 거다.

봉지를 열었더니 익숙한 스티로폼 도시락이 나왔다. 일주일에 한 번, 동네에 오는 순대트럭에서 산 순대. 내가 일어난 뒤 친구들은 머리를 맞대고 대책회의를 한 모양이었다. 누군가 우리 집에 가자고 했을 거고, 누구는 위로 선물로 순대를 사자고 했을 거고, 또 누구는 내가 좋아하는 순대트럭이 오는 날이란 걸 기억해 냈을 거다. 덕분에 울다가 웃었다. 케이크 커팅식이라도 하듯 집중해 스티로폼 도시락 뚜껑을 열어 순대 하나를 집어먹었다. 소금 없이도 간이 딱 맞았다.

스무 살의 가을은 끔찍했다. 첫사랑과 헤어졌고, 한동안 손목에 반창고를 붙이고 다녔다. 사실 종이에 베인 것보다 못한 상처였지만 내 아픔에 취해 정신을 못 차렸다. 그땐 둘 중 하나였다. 울다가 취하거나 취해서 울거나.

취해서 집에 들어오면 항상 누군가에게 전화를 걸었다. 내 전화를 받지 않는 너에게 하고 싶은 말을 누구에게든 해야만 했다. 그날의 당첨자는 N이었다. 고등학교 친구인 우리는 친하게 지내면서도 툭하면 각을 세웠고, 나는 실연의 아픔 속에서 이 녀석과의 관계를 계속 이어가야 할지 심각하게 고민했다. 다시없을 첫사랑이 끝나버렸다 하면 대체 첫사랑의 기준이 뭐냐 따지고, 다신 이런 남자 못 만날 거 같다 하면 그렇게 좋은 남자는 아니었을 수도 있다 찬물을 끼얹는가 하면, 힘들어 죽겠다 그럼 놀러나 가자던 나쁜 계집애. 늘 기대와 어긋나는, 위로 같지 않은 위로를 하는 친구였다. 그런데 그날은 취해도 너무 취한 건지 그 애에게 전화를 걸었고, 펑펑 울었고, 그러다 필름이 끊겨버렸다.

다음 날 눈을 떴을 때, 옆에 N이 자고 있었다. 꿈인지 생시인지, 내 방인지 남의 방인지 혼란스러운 상황. 생시였고, 내 방이었다. 자초지종을 물으려 어깨를 흔들자 N은 한숨을 쉬며 등을 돌렸다. 그리고 하는 말.

"야 이 웬수야, 네가 오라며?"

"내가?"

"그래, 네가!"

지난밤, 웬만하면 달래서 재워보려 했으나 내가 계속 울면서 와달라고 했단다. 가겠다고 기다리라고 하고 보니 지하철이 끊긴 새벽. 지갑엔 택시비도 없었다. 하는 수 없이 차 있는 친구에게 읍소해 내 자취방까지 달려왔는데 정작 당사자는 숙면 모드. 기운이 쭉 빠져 잠이나 자야지 했더니 어찌나 내가 이불을 똘똘 말고 자는지, 덕분에 맨바닥에서 새우잠을 잤다고 했다.

"내가 다시는 너 운다고 오나 봐라!"

미안하고 고마운 마음에 앞선 건 신통함이었다. 미로 같은 우리 학교 앞에서, 이 골목이 저 골목 같고, 이 집이 저 집 같은 하숙촌에서 내 방을 용케도 찾아왔다니. 비결은 지난번에 너무 고생한 덕분이었다. 여기서 지난번이라 함은, N과 그녀의 사촌언니, 사촌언니의 남자친구 앞에서, 소주잔에 물을 따라줘도 모를 만큼 만취해 왕십리 골목에서 고래고래 소리를 질렀던 날이다. 사촌언니와 나를 양쪽에서 부축한 채 헤맸던 그날의 기억을 더듬으며 찾아왔다고 했다. 친구의 차를 탄 채 골목을 두어 바퀴 돌고, 차에서 내려 또 골목골목을 누비고, 남의 하숙집에도 들어갔다 사과하고 나오다 보니 어느새 내 방까지 왔다고.

N의 눈빛에서 많은 감정이 읽혔다. 짜증과 안도, 원망과 안도, 허무와 안도……. 혹시라도 다음 날 아침 실연을 비관한 친구가 허튼 짓을 했다는 비보를 전해 들을까 꽤 초조했던 모양이다.

툴툴대는 소리를 듣고 있는데 자꾸만 입꼬리가 올라갔다. 나 때문에 잠도 못 자고 친구에게 아쉬운 소리 해가며 동네를 헤맸을 걸 생각하면 미안하고 고마워야 하는데, 아주 솔직히, 조금 통쾌했다. 지난 시간 서운했던 감정의 체증이 다 내려가는 기분이었다. 그러게 왜 그렇게 섭섭한 소리들을 해가지고는.

그러다 문득, 행복했다.

숙제를 하기 위해 가방을 열어 본 아마드의 얼굴이 하얗게 질린다. 똑같은 공책이 두 권, 하나는 짝꿍 네마자데의 것이다. 아침에 공책이 아닌 데다 숙제를 해왔다고 선생님께 호되게 혼난 후 책상에 엎드려 울던 모습이 떠오른다. 자비란 눈을 씻고 찾아봐도 없는 선생님은 한 번 더 이러면 퇴학을 시켜버리겠다고 했는데, 이거 정말 큰일이다.

네마자데가 사는 곳은 굽이굽이 언덕을 넘어 가야 하는 멀고도 먼 동네. 중국에서 왕서방 찾기 하듯(그냥 하는 말이 아니라 이 동네엔

네마자데란 이름이 흔하다) 모르는 동네를 이리 헤매고 저리 헤매지만 결국 친구의 집을 찾는 데 실패한다. 우리의 친구 네마자데는 정말 이대로 퇴학을 맞고 마는가, 마음을 졸이며 보게 되는 다음 날 아침. 아마드의 자리가 비어 있다. 숙제 검사가 시작되고 하얗게 얼굴이 질리는 네마자데. 그런데 이때, 아마드가 문을 열고 들어온다! 네마자데에게 네 것까지 숙제를 해왔다며 공책을 건네는 그의 손이 새까맣다.

우정에 관한 내 나름의 정의를 내릴 수 있게 해준 영화, 압바스 키아로스타미 감독의 〈내 친구의 집은 어디인가〉. 나에게 우정이란, 혼자 울고 있을지 모를 내 친구의 집을 찾아가는 것이다. 그리고 살면서 아마드 같은 친구가 내게 있단 걸 새삼 깨달을 때, 행복해진다. 그래도 헛살지 않았어, 생각한다.

습도가 높은 여름엔 결혼 전까지 살던 나의 반지하 집들이 떠오른다. '왕십리 슬럼가'로 불린 철길 건너 동네 다세대주택의, 일주일에 한 번 꼴로 변태와 맞닥뜨리던 홍대 후문 골목길 연립주택의, 싸우는 연인과 노상 방뇨하는 취객과 담배 피는 청소년이 애용하는 사각지대에 있던 낙성대 고시텔의 '집'보다는 '방'이란 표현이 더 정확한 나의 공간들. 사시사철 장마철처럼 습하던 그 안에서 물을 잔뜩 먹은 스펀지처럼 축 처져 있던 지난 시간들이 생각난다. 그래도 끝끝내 곰팡이로 변신하지 않고 여태 잘 살고 있는 건, 눅눅해진 이불을 햇볕에 말리듯 때마다 나의 집을 찾아와준 고마운 친구들 덕분이다.

눈물도 가끔은 달았으면 좋겠어

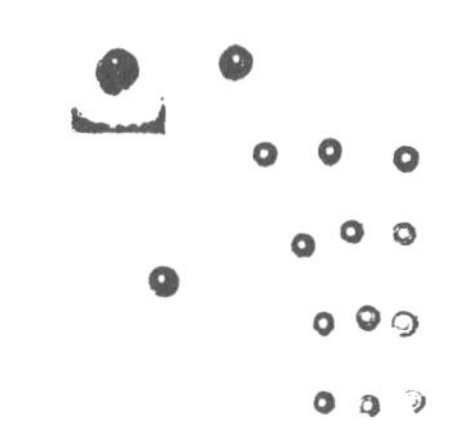

“소금물을 원샷하는 기분이에요.”

겪어 보지 않은 사람은 모를 거라며, 차오르는 눈물을 꿀꺽 삼키고 한 말이었다. 혀가 저리고, 목구멍이 아릿한 슬픔을 아는 열여덟 살이었다.

더 이상 새로울 것도, 기대되는 것도 없던 아이돌 오디션 프로그램의 첫 회. 함께 연습하던 친구들의 부러움을 사며 데뷔조 버스에 맨 처음 오른 소녀는 세상을 다 가진 듯 기뻐했다. 하지만 버스는 이내 만석이 되고, 이제 막 합격한 다른 지원자에게 자리를 비켜주어야만 했다. 보는 사람에겐 우려먹는 이야기일 수 있어도 당사자에겐 소금물을 들이키는 일이었을 거다.

여름날 어머니와 함께 들어간 설렁탕 집에서 눈물을 땀인 양 물수건으로 닦아내던 함민복 시인은 속으로 중얼거렸다.

'눈물은 왜 짠가?'°

그와 동인이던 진이정 시인 역시 〈눈물의 일생〉이란 시에서 비슷한 질문을 했다.

인생 혹은 거품의

눈물,

그 생애에 걸친 소금기

눈물은 왜 바다처럼 찝찔해야만 할까

폭풍우, 폭풍우도 없이!°°

그러게, 눈물은 왜 바닷물도 아닌 것이 찝찔할까? 윤종신은 청소년을 위한 재능 기부로 만든 과학 발라드 〈눈물의 성분〉이란 곡

° 《눈물은 왜 짠가》, 함민복, 책이있는풍경, 2014
°° 《거꾸로 선 꿈을 위하여》, 진이정, 세계사, 2006

에서 이렇게 노래했다.

수분과 염분과 그리움이,

추억과 다툼과 서러움이,

미련과 못난 한 사람의 그 모든 순간들이°

가사처럼 눈물은 수분과 염분으로 되어 있다. 정확하게는 98 퍼센트의 수분에 탄산나트륨, 식염, 인산염 등이 들어가 있으니 물 한 냄비에 소금 한 꼬집 정도의 배합이다. 눈물을 먹어본 사람은 알 것이다. 바닷물처럼 냄새에서부터 단번에 소금기가 느껴지거나, 죽염처럼 눈코입을 모으는 짠 맛은 아니지만, 눈에서 나와 입으로 들어온 액체의 맛은 분명 짜다. 남부럽지 않게 울어본 덕에 나도 꽤 여러 번 맛봤던, 서럽고 분할수록 더 짜게 느껴졌던 그 맛.

언젠가 눈이 퍽퍽해서 인공 눈물을 넣다 흐르는 눈물을 무심코 핥은 적이 있는데, 인공은 인공인지 울다 먹은 그것보다 어딘가 싱거웠다. 배우가 안약의 힘을 빌렸을 때 보이는 눈물처럼, 기능은 있으나 감정은 없는 그런 맛이랄까.

나만의 개똥 분석인 줄 알았던 눈물의 맛과 감정의 상관관계

° 윤종신, 〈눈물의 성분〉, 2012

는 알고 보니 이미 과학적으로 증명된 사실이었다. 눈물은 보통 3가지로 나뉘는데, 눈을 보호하기 위해 분비되는 '기본 눈물'과 양파 냄새나 매운 연기에 반응하는 '반사 눈물', 그리고 특정 감정을 느꼈을 때 흘리는 '감정 눈물'이 그것이다. 그런데 감정 눈물은 눈이 아닌 뇌를 자극해 교감신경이 흥분해서 나오기 때문에 앞의 두 눈물에 비해 수분이 적고 염화나트륨이 많다고 한다. 고로, 더 짜다.

신기하게도 감정마다 그 농도도 달라진다. 염도로 치면 분노했을 때 흘리는 눈물이 최고. 머리 꼭대기까지 화가 난 상황에서 우리는 눈에 힘을 잔뜩 주게 되는데, 평소보다 눈을 크게 뜬 상태에서 깜빡임이 줄어들면 수분의 증발량이 많아지는 것이다. 연인에게 배신당해 울고, 상사에게 모욕당해 운 다음 날, 라면 먹고 잔 날보다 더 퉁퉁 부은 얼굴을 마주하게 되는 건 눈물이 짜기 때문이었다.

눈물도 가끔씩 달았으면 좋겠다는 생각을 했다. 어떤 날은 눈이 질끈 감길 정도로 쓰다가도, 또 어떤 날엔 입안에 머금고 싶을 정도로 달착지근한 소주처럼 말이다. 한바탕 울고 나면 디저트를 먹은 것처럼 입꼬리가 올라가고 몸이 들떴으면.

'눈물 젖은 빵을 먹어보지 않은 자와는 인생을 논하지 말라'고

했던 괴테의 말에 우리네 식문화를 대입하면 '눈물 젖은 밥을 먹어 보지 않은 자와는 인생을 논하지 말라'가 될 텐데, 누군가 눈물 젖은 밥의 맛을 아느냐 묻는다면 나는 이렇게 대답할 것이다.

"달던데요?"

이영주 시인은 〈눈물의 맛〉에서 이렇게 적었다.

이 불이 저 안으로 옮겨져서
타오를 때
불길 안에서 흐릿해지는 너의 얼굴
나의 고통으로
네가 일그러질 때
숟가락을 깊게 꽂고 푹푹 밥을 떠먹는 사람처럼
네가 맛있다는 생각이 들어
눈물이 날 때°

젓가락은 들 엄두도 못 내고 숟가락을 깊게 꽂고 푹푹 밥을 퍼먹다 보면, 입안에 단맛이 돈다. 그렇게 밥을 우겨 넣다 눈물도 먹

° 《차가운 사탕들》, 이영주, 문학과지성사, 2014

게 되면 '단짠'의 완성. 단 맛은 짠 맛을 부르고, 짠 맛은 단 맛을 키운다. 가끔 밥상에서 눈물이 터져 울면서 밥을 먹다 보면 어느 순간 기분은 차분해지고 몸은 노곤해진다.

술이 인생의 8할이던 시절엔 소주 맛을 모르는 사람과는 친구가 될 수 없다고 생각했다. 그래서 이야기가 통한다 싶은 누군가를 만나면 이렇게 물었다.

"소주나 한 잔 할까요?"

그런데 술은 입에도 못 대는 사람도, 소주보단 맥주를 좋아하는 사람도 사랑하게 된 지금, 소주가 아닌 눈물 맛으로 인생 친구를 찾는 것도 괜찮은 방법이지 싶다. 눈물을 먹어보지 않은 사람은 이따금씩 소태처럼 느껴지는 인생의 짠 맛을 모를 테니, 그 사람과는 인생을 논하기 어려울 것 같다. 눈물이 나는 날엔 기다리겠다. 눈물의 맛을 아는 당신을.

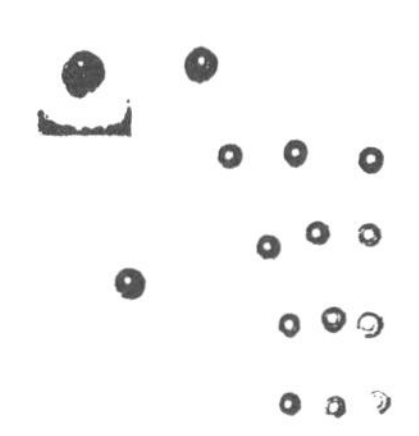

나만 상처받은 줄 알았다

어느 날 집을 나서는데, M이 편지를 줬다. 쪽지 접기 한 편지의 겉에는 '혼자 있을 때 읽어봐'라고 적혀있었다. 교차된 부분을 풀어 일자로 만들고, 한 번 두 번 펼치니 '가혜야'라고 나를 부르는 익숙한 글씨가 보였다. 오랜만에 보는 M의 글씨. 서로의 집을 오갈 땐 의식처럼 편지를 남겼었는데 같이 살면서부터는 뜸해졌었다.

학교 가는 길. 당부대로 지하철에서 혼자 읽었다. 다 읽고 접으려는데 처음처럼 되지 않았다. 쪽지접기가 뭐 어려운 거라고, 안 되면 그냥 가방으로 넣으면 될 걸 펴고 접기를 반복했다. 그리고 종이처럼 내 얼굴도 일그러졌다. 세 장에 걸친 편지의 결론은, '집에서 나가달라'였다.

우리가 같이 산 건 순전히 내 의지였다. 서울에 와 잠만 자는 방에 일 년, 고시원에 일 년 살고 나서 내 꿈은 '방 탈출'이었다. 공용 화장실과 부엌에서 누군가와 마주쳐야만 하는 방 말고 집. 하지만 내겐 보증금 한 푼 없었고 고시원비도 툭하면 밀렸다. 비빌 언덕은 M뿐이었다. 그나마 상황이 낫다는 이유로, 유일하게 부모님한테 보증금을 지원받은 게 죄라면 죄로 그 애는 나를 거둬들였다.

한동안은 즐거웠다. 친구를 사귈 때 자기도 모르게 서울 출신과 비서울 출신으로 구분 짓는 지방 출신에게 집에 고향 친구가 있다는 건 큰 위로가 됐다. 이사 첫날 M이 그랬다.

"집에 오는데, 누가 기다린다고 생각하니까 기분이 좋더라?"

하지만 그런 시간은 오래 가지 않았다. 알던 장점은 희미해지고, 몰랐던 단점은 선명해지며 서로의 신경을 긁던 어느 날, 쪽지 접기 한 편지로 우리의 동거는 끝이 났다. 그날 강의실 통로에서 눈물이 터지는 바람에 수업도 못 들어가고 벤치에 앉아 있던 기억이 난다. 젖은 얼굴을 보고 누가 "무슨 일이야?"라고 물을 때마다 빗장이 풀려 울었던 것도.

관계의 회복보다 급한 건 다시 방을 구하는 일이었다. 생각보다 빨리 보증금 없는 방을 구했지만, 이사는 한 달 뒤에 가능했다. 그 사이 집에는 가지 않았다. M의 부탁이었다. 학교가 끝나면 한 시간 반 거리의 인천 선배의 집으로 갔다. 입을 옷이 영 마땅치 않거나 급하게 필요한 물건이 있으면 '집주인'과 마주치지 않을 시간에 잠깐 들렀다. 몇 번씩 편지를 남길까 고민했지만, 쫓겨나는 주제에 그럴 필요까진 없지 싶었다. 집주인의 마음을 편하게 해주고 싶지 않았다.

내가 뭘 그리 잘못했을까? 제때는 아니어도 월세 날짜를 지키려 했고, 우렁각시처럼 집안일을 해놓는 건 아니어도 집을 어지르거나 설거지 거리를 쌓아두는 룸메이트는 아니었다. 아끼는 가방에 M이 무지막지한 전공도서를 잔뜩 넣고 다녀 가방 옆구리가 터져도 눈감아 줬고 그리고 또, 남자친구가 놀러 오는 게 불편해 보여 되도록 주말엔 외박을 선택했다. 그런데 왜, 어째서?

남자한테 차일 때와는 다른 아픔이었다. 토요일 밤에 사귀자고 했던 남자가 월요일 밤에 헤어지자고 했던 기억을 떠올리며(친구들은 이 2박3일의 만남을 연애 경험으로 세는 나를 이해하지 못했다) 그래도 내가 들어가겠다 하고 M이 나가라 한 건 그나마 다행이다 싶다가도, 나도 이래저래 불만 많았는데 참고 있었을 뿐이라고, 도저히 같이 못 살겠다고 말할 사람은 나라고 말하고 싶었다. 어쨌거나 한 침대 쓰던 동거인에게 쫓겨나는 건 분하고 창피한 일이었다.

이사하는 날. 덤덤하게 인사를 나누고 이삿짐 트럭에 올라 사이드 미러로 M을 지켜봤다. 트럭이 움직이자 얼굴이 일그러지더니 고개가 툭, 떨어졌다. 그래, 오늘은 네가 울어라, 생각했다.

오랜만에 모아둔 편지를 정리하다 M의 편지를 발견했다. 그땐 '나가라는 말을 참 길게도 썼네'라고 생각했는데, 다시 읽어보니 나가라는 말을 참 어렵게도 쓴 편지였다. M은 나와 함께 지내는 생활에 얼마나 지쳤는지 매우 조심스럽게 설명했고, 우리 사이가 더 망가질 것을 염려하며 자신의 결정을 이해해달라 말하고 있었다. 이제야 그 애가, 이해됐다.

그땐 몰랐다. 내가 나의 동거인에게 얼마나 무례했는지. 돌이켜 보면 그때 나는 내가 필요해서 같이 살자 해놓고, 친구에게 눈칫밥을 먹고 사는 것처럼 약자 행세를 했다. 하지도 않은 갑질을 비꼬았고, 을의 반격인 양 그 애를 불편하게 만들었다.

몇몇 순간들이 떠오르며 접시 물에 코를 박고 싶어졌다. 가장 먼저 떠오르는 장면은 그 애 앞에서 집에다 방세 독촉 전화를 하던 모습. 나는 M과 밥을 먹다 말고 오빠와 이런 통화를 했다.

"왜 방세 안 보내줘? M한테 줘야 한단 말이야!"

밥을 먹다 사레가 들릴 뻔한 그 애의 모습이 생각난다.

변명은 이렇게 시작된다. 누군가 다음 생에 지키고 싶은 한 가지를 묻는다면, 나는 '방세 내는 날'이라고 말할 것이다. 그만큼 나는 방세에 유난히 민감했다. 고등학교 시절 꼭 밥 먹을 때, 다른 사람들도 있는 데서 방세 이야기를 꺼내던 하숙집 아주머니를 시작으로 방문에 매일 방세 재촉 메모를 붙이던 고시원 원장이 나를 그렇게 만들었다. 민감함은 알량한 자존심으로 변했고, 불쑥 못난 모습으로 튀어나왔다.

같이 살 때 M은 친구들은 물론이고 남자친구도 집에 잘 못 데려왔다. 그런데 나는 그럴 거 없다며 지인들을 불쑥불쑥 잘만 데려왔고, 내 눈치를 보는 집주인의 모습이 보기 싫어 언제부턴가는 외박을 밥 먹듯이 했다. 그게 배려라고 생각했다. 내가 들어가지 않으면 자기만의 시간을 즐길 수 있을 거라고. M이 쓴 다른 편지들을 읽다 최후통첩 전에 나를 어르고 달래는 글을 발견했다.

'이 밥 먹듯이 외박하는 동거녀야, 외박을 하려거든 미리 연락 좀 다오.'

영화 〈오버 더 펜스〉에서 시라이와는 평범하게 열심히 살았을 뿐인 자신에게 일어난 좋지 않은 일들을 이해하지 못한다. 퇴근 후 돌아왔을 때 아내는 왜 아기의 얼굴을 베개로 누르고 있었는지, 그리고 자신은 왜 이혼을 당해야 했는지. 답답하고 억울해 하는 그에게 사토시는 따뜻한 위로 대신 악다구니를 퍼붓는다.

"부인에게 사과해!"

용기 내 전 부인을 만난 날. 그는 자신과 살 때와는 달리 생기가 넘치는 그녀의 모습을 보고 깨닫는다. 결혼 생활을 망친 건 아내가 아니라 자신이었음을. 감당하기 힘든 진실과 되돌릴 수 없는 시간 앞에서 설움이 터진 남자. 자신은 몰랐던 이유를 짐작했을 사토시에게 가서 이렇게 고백한다.

"넌 스스로를 망가졌다고 말하지만, 난 남을 망가뜨리는 쪽이니 너보다 훨씬 나빠. 나는 최악이야."

때때로 사람들과의 관계가 삐걱거리거나 깨질 때마다, 나는 나 혼자 상처받았다. 나는 잘못한 게 없는데 왜 그런 일들이 내게 벌어지는지 이해 못 했고, 나만 아프고 내가 더 아픈 것 같아 억울했다. 그런데 시간이 흘러 다시 없을 비극의 주인공이었던 시절에서 빠져나와 보니, 그 시절이 달리 보였다.

망친 건 나였다. 나는 나를 남들 때문에 망가진 사람이라 여기며 참 자주 안쓰러워했는데, 알고 보니 내가 망가뜨리는 사람이었다. 최악이었다.

여태 사과하지 못했다. 덮어둔 상처를 다시 들여다보는 게 두렵고, 사과하겠다고 시작해서는 비겁하게 내 변명만 앞세우다 상대의 잘못으로 돌리는 못난 짓을 할까봐 두렵다. 입을 떼면 눈물부터 날 게 뻔하고. 이렇게라도 사과하고 싶다. 최악인 나를 거둬준 나의 사람들에게.

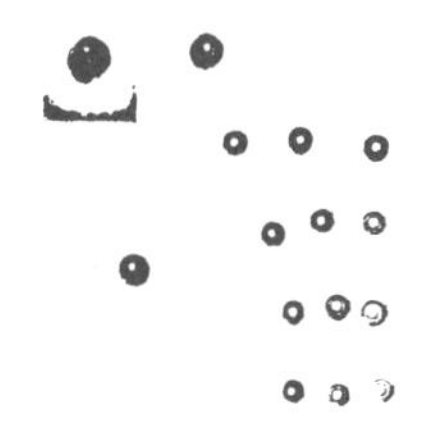

그 남자가 처음 울던 날

후드득, 아니면 투두둑.

분명 기억하는 소리인데, 소리 내어 읽어 보니 긴가민가하다. 이 의성어를 듣고 누군가는 공원에서 바닥을 쪼던 비둘기의 묵직한 비상을 떠올릴 테고, 누군가는 버티고 버티다 한계를 넘은 바지의 최후를 떠올릴 거다. 내게 이 소리는, 한 남자가 횡단보도에서 떨군 눈물이 시멘트 바닥에 하나, 둘, 셋 떨어지는 소리다.

"선배는 언제 결혼 결심했어요?"

얼마 전 후배가 물었다. 한 남자와 10년을 꽉 채워 만나 결혼해 살고 있으니 이런 질문은 신선하지도 않고 당황스러울 것도 없다. 하지만 그날따라 성심을 다해 답하고 싶었는지, 아니면 이전에

했던 답들이 성에 안 차 이 참에 그럴싸한 모범 답안을 만들고 싶었는지, 나는 한동안 뜸을 들였다. 평소 같으면 한 번 씹고 넘길 막창을 여러 번 곱씹으면서 지난 시간들을 빠른 되감기로 돌려 보다 멈춘 장면이 있었으니 앞서 말한 횡단보도다.

"우는 걸 봤어."

"마지막으로 운 게 언제야?"

종종 지금 같이 사는 남자에게 묻는다. 대답은 매번 같다.

"그런 적 없어."

아닌 게 아니라 그는 울지 않는다. 길게 하품을 하거나 문턱에 새끼발가락을 찌었을 때 잠시 눈물이 도는 것은 봤지만 거기서 끝이다. 영화나 드라마를 볼 때, 신파라고 욕에 욕을 하면서도 눈물을 줄줄 흘리는 나와는 출신 행성이 다른 게 분명한 남자. 그러다 보니 나는 그가 우는 모습을 한 번 봤다는 것만으로, 하룻밤의 기억을 평생 안고 사는 멜로 영화 속 주인공처럼 절절하게 이 남자와의 역사를 각색하곤 한다.

고백하자면, 이 남자에게 '사랑해'라는 말을 들어본 적이 없다. 15년간의 끈기 있는 훈련으로 내가 먼저 말하면 '나도'라는 호응은 얻게 되었지만, 이건 뭐 배를 누르면 '달링 아이러뷰'를 외치는 곰

인형보다도 살갑지가 않다. 연애 시절, 사랑 고백에 목마른 나의 간청을 그는 고향 탓을 하며 외면했다. 자신의 제주 친구들은 다 그렇다며.

믿을 수 없었고, 믿지 않았다. 경상도 남자의 무뚝뚝함과 전라도 남자의 능청스러움, 충청도 남자의 여유로움과 강원도 남자의 순박함은 직간접적으로 알고 있었지만, 제주도 남자는 '사랑해'를 못 한다니. 유감스럽지만 그런 말을 할 정도의 감정은 아니라 하면 오히려 상황이 명료해질 것을 어디서 아름다운 섬 제주를 출신 성분의 비극인 것 마냥 핑계를 대는지 괘씸한 마음까지 들었다.

어쨌거나 그가 주장하는 제주도 남자의 '애정 표현 불능설'에 힘을 실어준 건 방송 작가인 친구 J였다. 비밀요원 뺨치는 사생활 엄수와 도통 애정 표현이라곤 글로도 못 배운 남자와의 연애에 분통을 터뜨리는 내 모습을 자주 보던 녀석. 하루는 J가 말했다.

"너 〈전국노래자랑〉 하면 백 프로 망하는 데가 어딘지 알아? 제주도야."

이유는 심한 낯가림이었다. 잘 나가는 고민 상담 프로그램을 만들던 J는 제주도 특집을 몇 주간 준비했지만 결국 섭외 실패로 접었다고 했다.

"아무도 안 나오려고 해. 그러니까 네 남자친구, 매우 정상이야!"

그의 눈물을 보기 10분 전.

둘이서 점심을 먹고 있는데 집에서 전화가 왔다. 당시 우리 집은 '망했다'는 표현이 성의 없게 느껴질 정도로 재정적 악재가 겹쳤는데, 10년 넘게 지키려 애썼던 식당에서 언제 쫓겨날지 모르는 상황이 되자 오빠는 미국 이민을 결심했다. 믿는 구석이라곤 사돈의 팔촌보다 더 멀고도 어려운 지인이 전부. 오빠는 새언니와 조카를 데리고 비행기를 탈 사람으로 나를 지목했다. 막무가내로 미국에 가라는 말이 황당했지만 졸업 후 취직도, 이렇다 할 계획도 없는 주제에 집안의 위기를 외면할 수는 없었다. 일단 여권은 만들겠다하고 통화를 끊었다. 식어가는 뚝배기에 숟가락을 담근 채 통화가 끝나길 기다리던 그의 눈과 마주치자 나는 담담하게 말했다.

"오빠가 미국 가라네."

가난한 남자와 사랑에 빠진 걸 알고 서둘러 유학을 보내는 부잣집 딸이라면 덜 억울했을까? 나는 도피성 이민을 선택한 가족의 가이드가 되어야 하는 현실이 너무나 참담했다. 만난 지 햇수로 3년. 연애가 시들해질 때도 됐지만, 그가 고시 공부를 하고 있어 질리도록 붙어 있어본 적이 없었다. 다 식은 밥을 해치우고 자취방으로 걸어오면서 부쩍 말수가 없어진 남자에게 나는 얼핏 쿨하게 들리지만 실상은 무척 꼬여 있는 심기를 드러냈다.

"넌 좋겠다, 나 없으면 공부하기 편해서."

"그런데 어디서 빗방울 떨어지는 소리가 나더라고, 후드득."

그랬다. 분명 물방울이 바닥에 떨어지며 내는 소리를 들었다. 갑자기 웬 비인가 싶어 고개를 드니 옆에 서 있는 시커먼 남자가 울고 있었다. 그 모습에 나도 눈물이 터졌다. 울면서 자취방까지 갔다. 먹은 밥보다 흘린 눈물이 많은지 눕자마자 잠이 들었다. 그리고 두어 번 설깬 상태로 눈을 떴을 때, 살짝 부은 그의 눈과 마주쳤다. 일주일에 한 번 정도 생각나는 양념치킨에 맥주 한 캔과 등가라고만 생각했던 내 존재가 이 남자를 울렸다고 생각하니 꽤 벅찬 기분이 들었다. 어찌나 안정감이 들던지 계속 잠이 쏟아지던 오후였다.

그때가 2006년쯤. 그 뒤로 10년 넘게 그의 눈물을 보지 못 했다. 그래도 10년에 한 번 꼴은 보고 싶은 광경이라 일부러 울려보려고 한 적도 있었으나 매번 실패했다(대차게 차일 위기는 많았다). 그리하여 그럴싸하게 결혼의 이유를 포장하고 싶었던 이야기의 끝은 부모 세대의 그것과 별반 다르지 않은 신파조로 마무리된다.

"그 눈물에 속았지 뭐."

예쁘게 울긴 글렀다

난 네가 혼자 우는 게 싫어

스물다섯, 갑자기 떨어진 시력이 걱정돼 찾아간 안과에서 '안구 건조증'이란 이야길 들었다. 의사는 컴퓨터 작업을 할 때는 보호 안경을 쓰고, 눈이 뻑뻑하다 싶으면 인공 눈물을 넣는 게 도움이 될 거라 했다. 남아도는 게 눈물인데 인공 눈물이라니. 믿기 힘든 진단이었다. 그러다 문득, 5년 전 그 밤에 한 남자에게 들은 말이 생각났다.

"너 눈에 물기가 많구나."

정말 그랬을까? 시력이 그리 좋지도 않은 남자가 어두운 술집 맞은 편 자리에서도 발견할 만큼? 그때 난 그게 엄청난 고백이라도 되는 것처럼 얼굴이 빨개졌었다.

"그, 그런가요?"

"응, 금방이라도 울 거 같은 눈이야."

뜨거운 연애였다. 하루 종일 붙어 지내다 헤어지면 목소리라도 들어야 살겠다며 밤새 전화기를 놓지 않던, 그러다 "보고 싶다" 한 마디에 다시 집 앞으로 찾아오는 서로에게 '미쳐 지낸 시간'.

200일쯤 만났을까, 남자는 울며 떠났다. 변명의 여지없이 내 잘못이었지만 나는 그를 곱게 놓아주지 못했다. 울면서 매달리고, 웃으면서 매달리고, 소리 지르면서 매달렸다. 하지만 그는 꿈쩍도 하지 않았다. 그리고 웃는 모습이 예쁜 언니와 연애를 시작했다.

내가 애원해서 마지막으로 만났던 날. 할 말 다 했으면 가보라는 눈빛을 못 본 척 횡설수설 하고 있는데 옆에서 내 얼굴을 빤히 들여다보던 그가 말했다.

"코가 빨갛다."

"그, 그래?"

금방이라도 울 것 같단 말인 줄 알고 잠시 희망을 품었는데, 아니었다.

"술을 얼마나 마시는 거야."

질려버린 말투. 남자는 마지막 부탁처럼 덧붙였다.

"술 좀 작작 마셔라."

또 다른 남자는 밤에 전화하더니 내가 걱정된다고 했다. 나 혼자 있을 걸 생각하니 걱정이 됐다고, 혼자 못 두겠다고. 또 뭐라 했더라, 그 개자식이? 아, 이렇게 부르고 싶지 않지만 입에 붙어버려 어쩔 수가 없다. 하여튼 그 남잔 그렇게 연애를 걸었다. 너는 겉으론 밝아도 혼자 두면 울 거 같아서 마음이 쓰인다고. 그 말에 혹해 시작한 연애였다.

하루는 초저녁에 잠이 들었다 깨 보니 밖에서 문 두드리는 소리가 들렸다. 그였다. 하얗게 질린 얼굴로 전화를 안 받아 무슨 일이라도 생긴 줄 알았다고 금방이라도 울 것처럼 말했다. 나를 찾아 사람들에게 얼마나 전화를 돌렸는지 다음날 학교에 갔더니 '세상에 다시없을 커플'이 되어 있었다. 그렇게 딱 한 달은 좋았다.

두 달째에 접어들자 연락이 뜸해졌다. 먼저 연락 안 하는 게 쿨한 건 줄 알던 때라 궁금해도 참고, 보고 싶어도 참았다. 그렇게 기다려서 들은 말은, 지금은 자기가 연애할 상황이 아니란 거였다. 집안 사정도 그렇고, 자기 앞날도 그렇고, 이래저래 마음이 복잡한데 널 챙길 여력이 없다고. 그러면서 네가 싫어졌거나 하는 건 아니라고 했다. 한 달 사이에 참 상황이 급변했구나 따졌어야 했지만, 자존심도 없이 물었다. 나는 네가 연락을 안 해도 그러려니 가만있지 않냐, 여력이 없어도 이 연애는 가능하지 않냐. 그랬더니 그 자식이 하는 말.

"너 그러면서 혼자 울 거잖아? 난 그게 싫어."

눈물로 시작한 연애는 눈물로 끝났다. 내 눈에 물이 많다며 바짝 당겨 앉던 남자는 내 코가 빨갛다며 뒷걸음질 쳤고, 혼자 있으면 울 것 같아 혼자 못 두겠다던 남자는 가만 두면 혼자 우는 게 부담스럽다며 떠났다. 어떤 남자는 자꾸 내가 우는 게 싫다며 떠났고, 또 어떤 남자는 자꾸 날 울리는 게 싫다며 떠났다.

그렇게 떠나고 나면 한동안 끊임없이 울었다. 울고 난 후엔 의식처럼 베갯잇을 빨았다. 베갯잇이 얼룩덜룩해졌다는 건, 베개 솜이 젖도록 울었다는 것. 전화기가 뜨거워지도록 밤새는 줄 모르던 연애가 울리지 않는 전화기를 붙들고 울다 잠드는 실연으로 끝났다는 것. 베갯잇을 벗겨 손빨래를 하고, 솜을 탕탕 때려 먼지를 털고 햇볕에 말릴 때면 한 서린 노동요처럼 장나라의 〈눈물에 얼굴을 묻는다〉를 흥얼거렸다.

"눈물에 얼굴을 묻을 때, 네가 날 버렸을 때, 오 베이베! 서러워 눈물을 삼키며 나도 나를 버렸지!"

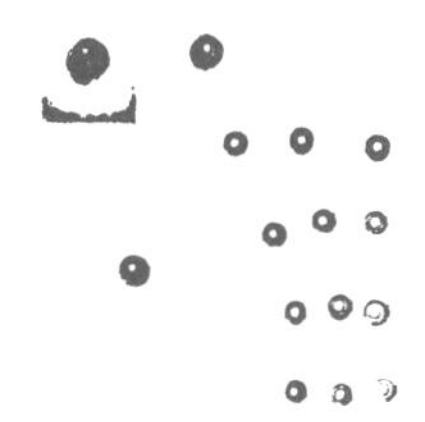

근데, 너 괜찮아?

누구에게나 감정의 둑을 무너뜨리는 대상이 있다. 내겐 할머니가 그렇다. 나는 할머니 손에 자라 늘 할머니와 밥을 먹었고, 같이 누워 TV를 봤고, 한 이불을 덮고 잤다. 언제부터 이불을 따로 썼는지는 기억나지 않지만 확실한 건 내 이불이 생기기 전까지 늘 할머니의 팔을 베고 잠이 들었다는 것이다. 혈액순환이 좋을 리 없는 노인의 팔을, 그것도 매일 베고 자다니. 생각만 해도 팔이 저릿저릿한 몹쓸 짓이었다. 이게 얼마나 어려운 일인지는 연애라는 것을 하고부터 알게 됐다(다 줄 거라면서, 팔은 30분도 못 주더라니까).

고등학교 3학년 봄. 할머니가 돌아가셨다. 갑작스러운 일이었다. 어른들은 '호상'이라고 했지만, 그 말을 들을 때마다 되돌려 주고 싶었다. 하지만 사실은 괜한 적개심이란 걸 알고 있었다. 내 등짝을 세게 때려주고 싶은 건 나 자신이었다. 마지막으로 옆에서 잔 게 언제인가 싶을 정도로 그 즈음 나는 할머니에게 너무 무심했다. 소식을 듣고 가는 택시에서 다 울어버린 건지, 장례식 내내 눈물이 나지 않았다. 믿을 수 없기도 했지만 내게 울 자격이 있나 싶었다. 이런 날엔 눈물을 참는 게 아니라는 어른들의 조언이 답답하기만 했다. 누군가는 참지 말라며 등짝을 때렸는데, 등짝만 얼얼할 뿐이었다.

드라마 〈응답하라 1994〉에는 남자들은 잘 알지 못하는 여자의 심리를 설명하기 위한 테스트 하나가 나온다. 방에 페인트칠을 해서 창문을 닫으면 냄새 때문에 머리가 아프고, 창문을 열면 매연 때문에 기침이 나는 상황. 이때 창문을 열어야 할지, 닫아야 할지를 묻는다. 문제가 생겼을 때 여자들이 원하는 건 걱정과 관심이지만, 대부분의 남자들은 해결책을 내놓으려 해서 갈등이 생긴다는 걸 설명하기 위한 (남자들 눈엔 '답정너') 테스트. 마음은 따뜻하지만 눈치 없는 촌놈들은 자신이 생각하는 최선책을 내놓기 바쁘다. 혹시나 기대했다 역시나 실망한 나정과 윤진 앞에, 센스쟁이 서울남자 칠봉이가 나타난다. 그리고 같은 질문에 "닫는 게 낫지 않나?" 자신 없게 답하는가 싶더니 걱정스러운 눈빛으로 묻는다.

"근데, 너 괜찮냐?"

칠봉이의 답변에 촌놈들은 좌절한다. 세상에 문을 닫을지 말지 물어봐 놓고선, 괜찮냐고 물어봐야 한다는 억지 같은 기대를 충족시켜주는 놈이 진짜 있다니! 해태와의 내기에 이긴 나정은 희희낙락하고, 옆에서 감동한 윤진은 이렇게 총평을 한다.

"역시 서울 남자는 확실히 달라불구만. 저 지방 촌놈들한텐 없는 우뇌가 딱 탑재돼 있당게!"

개인적으로는 친절한 서울 남자보단 구수한 지방 촌놈에 끌리는 편이지만, "근데, 너 괜찮냐?"란 말 앞에선 어쩐지 몸이 배배 꼬인다. 한동안 누군가를 좋아했던 것도 이 말 한 마디 때문이었다. 드라마와 달리 지방 출신의 촌놈이었지만, 사람 마음을 읽을 줄 아는 세심한 남자였다. 우리는 흔히 말하는 친한 오빠 동생 사이였는데, 둘 다 '화목한', '단란한'이란 단어가 영 어색한 성장 환경을 가진 터라 집안 문제만큼은 허심탄회하게 이야기할 수 있었다. 나는 그가 아버지를 연민하는 걸 알았고, 그는 내가 할머니에 약한 걸 알았다. 언젠가부터 그 사람이 불쌍해서 좋은지, 좋아서 불쌍한지° 헷갈렸지만 지금 이대로가 좋아서 아닌 척 굴었다.

° 드라마 〈아일랜드〉 대사 인용. 자세를 낮춰 자신의 신발 끈을 묶어주는 강국에게 이중아는 묻는다. "내가 불쌍해서 좋은가요? 아니면 좋아서 불쌍한가요?" 남자의 답은 이랬다. "처음엔 불쌍해서 좋았고, 지금은 좋아서 불쌍합니다."

그러다 어느 이른 아침, 친한 언니에게 문자를 받았다.

'가혜야, 새벽에 할머니가 돌아가셨어'

가슴이 내려앉는 소식이었다. 고3 봄에 느꼈던 막막한 감정이 되살아나는 듯했다. 언니의 집에 자주 놀러 갔었고, 할머니 옆에 누운 언니의 옆에 누워 잔 날도 많았다. 몇 년째 거동이 불편한 할머니의 죽음에 대해 언니가 얼마나 두려워하는지도 잘 알고 있었다. 하지만 내 몸이 기억하는 감정으로 짐작할 뿐, 언니의 슬픔에 댈 것은 아니었다.

정신을 가다듬고 주변 사람들에게 부고를 전하며 같이 갈 수 있는지 물었다. 그 사람에게도 전화를 했는데, 첫 문장을 맺지 못하고 눈물이 터졌다. 그는 조용히 기다렸고, 울음소리가 잠잠해지자 미안하다고 했다. 오늘은 도저히 갈 수 없는 상황이라고, 조심해서 잘 다녀오라고.

친구와 만나 인천의 한 장례식장으로 갔다. 언니는 멍한 얼굴로 빈소를 지키고 있었다. 언제나 반짝반짝 윤이 나던 사람이 처음으로 빛을 잃어 보이던 순간. 언니는 우리의 손을 잡으면서도 최대한 눈을 피하며 말했다. 오느라 고생 많았다고, 배고플 텐데 밥부터 먹으라고. 눈이 마주치면 금방이라도 주저앉을 것만 같았다. 어느 시인의 말처럼, 어떤 눈물은 너무 무거워서 엎드려 울 수밖에 없으니까. 언니가 엎드려 울게 하고 싶지 않아 손은 잡고 눈은 돌렸다.

오는 내내 지하철에서 졸아 그런지 그날 밤엔 잠이 오지 않았다. 뒤척이기를 몇 시간인가 했을 때 전화가 왔다. 그 사람이었다. 잘 다녀왔냐고 묻는 목소리가 다음날이면 기억을 못할 듯했다. 많이 취했네, 생각하며 건성으로 응, 응, 대답하는데 그가 물었다.

"근데 너, 괜찮냐?"

그 말에 눈물이 터졌다. 우리 할머니가 돌아가셨을 때 고여 있던 건지, 그날 저녁 언니의 눈을 피하며 참았던 눈물인지 알 수 없었다. 잘 참고 있는 걸 건드렸다 싶었는지 그는 택시를 타고 집 앞으로 왔다. 그러고는 풀린 눈으로 내 눈을 들여다보며 같은 질문을 반복했다.

"너 진짜 괜찮아? 괜찮냐고? 근데…… 너 괜찮냐?"

내일이면 기억도 못할 거면서, 괜찮지 않다면 어쩌려고. 괜찮지 않다면, 괜찮지 않으니까 안아달라고 하면, 그 손을 내가 못 풀게 하면 어쩌려고.

'답'보다 '질문'을 받고 싶을 때가 있다. 문을 열 수도 닫을 수도 없어 괴로워하는 사람에게 어떤 선택이 더 현명한지 설명하거나 애초에 이 날씨에 방에 페인트칠은 왜 해서 그러느냐고 타박하는 게 아니라, 그 사람부터 걱정하는 질문 한 마디. 알파고처럼 엄청난 경우의 수와 누적된 데이터를 바탕으로 한 조언도 때로는 고맙지만, 내가 통과하는 시간의 고됨을 알아봐주는 사람을 만나고 싶다. 내 이야기를 끝까지 들어주고, 고민의 정적을 가진 후 이렇게 물어봐 주었으면.

"근데, 너 괜찮아?"

그 한 마디에 무너져 그 사람을 좋아했다. 내가 할머니란 대상에 유난히 약하단 걸 알던, 지인 할머니의 부고에 내 감정이 무너질 걸 걱정한 사람. 하지만 연민이었을 뿐, 연인의 감정은 아니었다. 짝사랑의 끝은 원망이었다. 왜 사람 설레게 집 앞까지 찾아와서 근데 너 괜찮냐는 질문을 했는지, 왜 사람 어지럽게 코앞까지 얼굴을 들이밀고 머리를 헝클어뜨렸는지 따지고 싶었다.

그래도 고맙다. 그 밤, 가장 듣고 싶은 말을 해줘서. 나를 걱정해줘서. 문득 그 사람의 안부가 궁금해진다. 근데 너, 괜찮아?

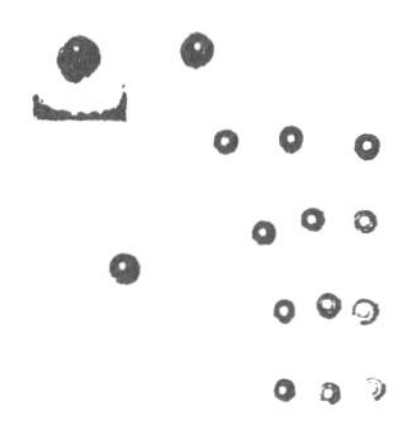

그날의 마로니에 공원

마음 울적한 날엔 거리를 걸어보고,

향기로운 칵테일에 취해도 보고°

마로니에의 〈칵테일 사랑〉이 히트했던 1994년. 나는 초등학교 6학년이었다. 한 편의 시가 있는 전시회장도 가고, 밤새도록 그리움에 편지 쓰고팠던 사춘기의 시작. 마로니에의 인기는 서울 대학로에 있다는 '마로니에 공원'에 관한 막연한 환상을 심어주었다. 요즘이야 젊음, 감성, 취향 하면 홍대를 떠올리지만 그땐 대학로였

° 마로니에, 〈칵테일 사랑〉, 1994

다. 이름부터 '대학로' 아닌가. 서울에 가본 적 없던 나는 대학로를 대학들이 모여 있는 큰 길(?) 정도로 생각했고, 서울로 대학을 가면 대학로를 활보하리라 다짐했다. 이왕이면 마음 울적한 날 모차르트 피아노 협주곡 21번, 그 음악을 내 귓가에 속삭여주며 아침 햇살 눈부심에 나를 깨워줄 그런 연인을, 어느 작은 우체국 앞 계단에 앉아 프리지아 꽃향기를 내게 안겨 줄 그런 연인을 마로니에 공원에서 만나야지.

0

연기 입시학원에 다니는 조카가 대학로에서 공연을 한다고 했다. 그것도 마로니에 공원 옆에 있는 소극장에서. 옛날 사람답게 자연스레 〈칵테일 사랑〉을 흥얼거렸다. 2000년생 조카는 드라마 OST로 삽입된 옥상달빛 버전으로 알고 있는 노래. 그러다 문득 마로니에 공원에 얽힌 오빠의 흑역사가 떠올랐다.

1994년 여름. 서울의 기숙학원에서 에어컨 바람에 시간만 날리던 오빠는 어느 날 갑자기 마로니에 공원에 가고 싶어졌다고 한다. 지하철을 타고 혜화역에 도착, 문제는 그때부터였다. 대학로에 오긴 왔는데 마로니에 공원은 어디에 붙어있는지 도통 알 길이 없었다. 그렇다고 지나가는 사람을 붙잡고 길을 묻는 건 스타일이 구겨지는 일. 표지판을 찾아 이리 헤매고 저리 헤매다 반쯤 포기하고 벤치에 앉았는데 마침 '서울 여자'가 옆에 앉았다. 오빠는 잠시 고민했다. 물어볼까? 말까? 물어보면 지방 사람인 게 티 나겠지? 하지만 당시 잘 나가는 브랜드 옷들로 멋 좀 부리고, 다행히 사투리도 쓰지 않았던(어디까지나 본인 생각이다) 오빠는 자연스럽게 말을 걸기로 한다.

"저기, 여기 마로니에 공원이 어디예요?"

그리고 무심하게 돌아온 그녀의 대답.

"여기가 마로니에 공원이에요."

오빠의 서울 한 달 살이에서 가장 굴욕적인 순간이었다.

조카에게 아빠를 놀릴 절호의 기회라며 그 이야길 들려줬다. 공연 장소 알려줄 때 강조해서 말하라고, 아빠가 앉아 있으면서도 몰랐던 바로 그 마로니에 공원 옆이라고.

"이거 완전 학예회 아녀."

입장을 기다리며 줄을 서는데 오빠가 툴툴대며 말했다. 오빠의 투덜거림은 어제오늘의 일이 아니지만 오늘은 좀 아니다 싶다. 고등학생들 공연이니 굳이 따지자면 학예회와 다르지 않지만 배우 지망생 딸이 오디션에서 무려 주조연 역을 따낸 공연이었다. 일

년 전 첫 공연은 일 때문에 외국에 있느라 보지도 못했으면서 아빠란 사람이 설레지도 않나? 오빠는 이 공연을 보기 위해 들어간 돈이 얼마인지, 그 돈을 벌기 위해 얼마나 고생했는지 얘기하기 바빴다. 자신이 '외국인 노동자'로 서럽게 번 돈인 걸 딸은 아는지 모르겠다고. 어디 가도 입담 하나는 빠지지 않았지만 오빠의 이야기는 날이 갈수록 장황하고 궁상맞다. 아마도 옷장에서 가장 윤이 나는 옷을 꺼내 입었을, 가까이 가면 세탁소 냄새가 날 것 같은 학부형들 틈에서 오빠의 칙칙한 검정색 점퍼를 보니 한숨이 절로 나왔다.

"서울 오는데 예쁜 옷 좀 입고 오지."

"이거? 내 옷 중에 제일 비싼 옷이여."

인생의 절반을 서울에서 살았다고 이젠 서울사람 행세를 하는 내게, 'ㅑ'를 'ㅕ'로 발음하고 말끝을 길게 늘리는 오빠의 사투리는 귀에 참 거슬린다. 대화 주제는 또 어떻고. 서울은 올 때마다 길이 헷갈린다, 주차장은 왜 이리 찾기 힘드냐, 사람 참 많다…… 결론은 언제나 '난 이런 데서 못 산다'였다. 주변 사람들이 힐끗 거릴 때마다 복화술로 목소리를 낮추라 해보지만 그럴수록 오빠의 목소리는 더 커졌고, 사투리는 더 거세졌다. 화제도 돌릴 겸 20년도 더 된 마로니에 잔혹사를 꺼냈다.

"여기 바로 옆이 그 마로니에 공원이잖아."

"응…… 그랬지. 그랬었지."

짓궂게 놀려줄 참이었는데, 별 동요 없는 반응에 김이 샜다. 하긴, 이런 이야기에 민망해 할 사람이면 딸 공연에 저런 겸손한 차림으로 안 왔겠지. 한때는 부모들의 등골 브레이커로 통했으나 이젠 그마저도 유행이 지난 아웃도어 브랜드의 점퍼를 입고 말이다.

"가혜야 근데, 나 이런 거 처음 본다."

객석에 앉은 뒤 얼마 지나지 않아 오빠가 뜻밖의 고백을 했다.

"이런 거?"

"공연. 나 태어나서 공연 처음 봐."

나보다 여섯 살 많은 오빠는 내 기억 속에서는 멋쟁이 문학 소년이었다. 댄디한 고등학생이었다고 할까? 수학은 초등학교 때 포기했지만 국어와 문학은 늘 만점을 맞던 문과 남자. 어린 나는 펼쳤다가도 이내 덮어버렸던 어려운 소설책이 빼곡하던 오빠의 책꽂이가 눈에 선하다. 필기도구와 노트가 늘 가지런하게 정리돼 있던 책상도. 책과 노트는 어느 페이지를 펼쳐 진열해 놓아도 손색없을 만큼 예쁘게 필기가 되어 있었다. 집안 문제로 떨어져 살던 시절엔 예쁜 글씨로 빼곡하게 채운 뒤 단어마다 색연필로 덧칠한 편지를 내게 보내던 낭만적인 남자.

이 문학 소년의 의외의 면모라면 노트만큼이나 외모를 꾸미는 데도 열성이었다는 거다. 청바지는 유행하는 브랜드의 것을 몸에 꼭 맞게 입고, 거울 앞에서 머리 손질을 하는데 30분 이상을 투자했으며, 순전히 디자인 때문에 수시로 안경테를 바꾸던 오빠. 잘생긴 외모는 아니었지만 적당히 잘 노는 모범생 스타일로 여자들에게도 꽤 인기 있었다. 이성에 빨리 눈 뜬 친구들은 내가 아닌 오빠를 보기 위해 우리 집에 놀러 오기도 했다.

그때 나는 오빠가 있어 참 다행이라 생각했었다. 그가 없었다면 주말에 입고 나갈 잘 나가는 브랜드 옷도 없었을 테고, 좋아하는 남자애한테 보낼 편지를 베껴 쓸 연애편지도 없었을 것이며, 나보다 여섯 살 많은 잘 생긴 남자(즉 오빠 친구)를 보는 설렘도 없었을 테니까. 오빠는 늘 나보다 많이 알고, 나보다 많이 가지고 있어 넘치는 걸 내게 주는 사람이었다.

하지만 마로니에 공원을 찾아 헤매던 고3때보다 30킬로그램 가까이 체중이 불어난 지금의 오빠에게 옷이란 인간생활 기본요소 중 하나일 뿐이다. 여름엔 반바지, 겨울엔 점퍼만 있으면 충분했다. 20대 중반에 가장이 되고 부모의 빚을 떠안은 오빠에게 필요한 건 얼굴을 들여다 볼 거울이 아니라 거울도 안 보는 뻔뻔함이었다. 변해도 너무 변한 오빠를 보며 그러고 다니면 딸들이 창피해한다고, 외모에 신경 좀 쓰라고 잔소리를 했지만, 그때마다 오빠는 불룩 나온 배를 두드리며 웃고 넘겼다.

대학로 극장도, 공연도 오늘이 처음인 오빠에게 관람 매너를 기대하는 건 역시나 무리였을까? 공연이 시작된 후에도 오빠는 계속 말을 걸었다.

(큰 목소리로) "쟤 발음이 왜 저런 거여?"

(작은 목소리로) "작년보다 엄청 좋아진 거야."

(또 큰 목소리로) "저 정도면 머리가 큰 건가?"

(더 작은 목소리로) "큰 건 아니지. 작은 것도 아니지만."

(계속 큰 목소리로) "엄청 까부네."

(기어들어가는 목소리로) "그러네, 엄청 신나 보이네."

그런데 어느 순간 옆자리가 조용해졌다. 혹시 잠들었나, 코라도 골면 너무 창피한데. 옆구리라도 찔러야겠다 싶어 고개를 돌렸는데 오빠가 심각한 표정으로 무대를 보고 있었다. 오, 하고 벌어진 입을 보니 꽤 집중한 상태였다. 언니를 더 잘 보고 싶어 목을 길게 빼고 있는 막내를 무릎에 앉힌 채. 다행히 오빠의 관람 매너는 빠른 속도로 좋아졌다. 중간 중간 웃긴 장면에서 피식 웃으며 막내를 꼭 끌어안는 것 말고는 소리 내지 않고, 움직이지 않고, 끝날 때까지 조용히.

커튼콜 타임. 노란 원피스를 입은 조카가 쪼르르 달려 나와 허리 숙여 인사를 하자 오빠가 자리에서 벌떡 일어났다. 기립박수를 치는 유일한 관객. 처음 보는 딸의 모습에 감격했는지 눈가가 촉촉했다. 평소 같으면 창피하게 왜 이러냐며 끌어 앉혔겠지만 입을 굳게 다문 채 있는 힘껏 박수를 치는 오빠의 모습에 그럴 수 없었다. 혹시라도 오빠가 무안하지 않게 나도 일어나 박수를 쳤다. 큰소리로 조카의 이름도 불렀다. 분위기를 띄우기 위해 과장되게 호응하는 원생들보다 더, 공연 후 한껏 어깨가 올라간 주인공 가족들보다 더 열심히 박수를 쳤다. 그날 오빠는 객석에서 가장 오래 박수를 친 사람이었다.

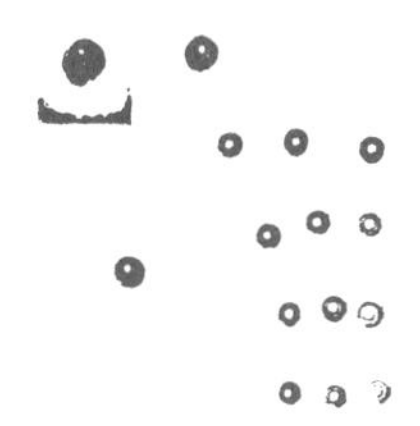

해녀의 숨

나의 시어머니는 제주 해녀다. 물질을 시작한 건 열일곱 쯤. 먹고 살기 위해 바다에 들어간 지 50년도 더 됐다. 시아버지는 해녀의 많은 남편들이 그러하듯 별다른 직업이 없다. 제주도 며느리가 된 이듬해 명절, 나는 플라스틱 대야에 그릇을 잔뜩 쌓아놓고 마당에서 함께 설거지를 하면서 어머니의 결혼 이야기를 듣게 됐다.

결혼 후 어머니는 아내이자 며느리, 가장이 되었다고 한다. 바다에 나가 물질을 하고, 틈틈이 밭일을 하고, 남는 시간엔 집안일을 했다. 그런 일은 당연하게 담담하게 받아들였지만 남편의 잔소리와 욱하는 성질은 참기 힘들었다. 인내심이 바닥난 채로 버티던 어느 날, 어머니는 딸을 데리고 전라도 어느 섬마을로 도망쳤다. 이혼은 상상할 수 없는 시대에 부모에게 죄스럽고, 동네에서 손가락질 받는 이혼녀로 딸을 키울 수 없어서 내린 결단이었다.

실질적 이혼을 위한 가출. 수십 년이 지난 후에 이 사실을 알게 된 나는 소설이나 영화 속 여주인공에게 감정 이입하듯 어머니의 결단을 응원했다. 하지만 동시에 어머니가 다시 아버지에게 돌아오신 사실에 안도했다. 그러지 않았다면 나의 남편은 태어나지 않았을 테니까. 이기적이지만 감사하다.

어머니는 나를 볼 때마다 부끄러운 것이 많다. 바다 햇빛에 그을린 얼굴이 부끄럽고, 정신없이 치워놓은 부엌살림이 부끄럽다. 얼굴에 로션을 바르는 모습을 쳐다보고 있으면 "엄마 너무 늙었지?"라고 묻고, 시댁 부엌이 낯설어 멀뚱히 서있으면 "부엌 너무 정신없지? 더러워, 그치?"라고 묻는다. 그런 모습이 가끔은 귀엽고, 가끔은 안쓰럽다. 나는 그녀가 안방 바닥에 엉덩이를 붙이고 앉아 있는 모습을 거의 보지 못했다. 일일 드라마 시간과 자는 시간을 제외하면 어머니의 영역은 부엌 아니면 마당. 안방은 안마 의자에 앉아 텔레비전을 시청하는 아버지의 영역인 것만 같았다.

한 번씩 어머니의 건강을 여쭤보면 답변은 늘 같다.

"어떵 안 해."

'괜찮다', '문제 없다', '상관 없다', '걱정할 것 없다' 등의 의미를 담은 4음절의 제주말 '어떵 안 해'. 통화할 때마다, 집에 갈 때마다 어머니는 이 말로 자신의 안부를 정리한다. 실제로는 어떵 안 한 게 아닌 상황도 많으면서 독립심 강한 제주 해녀가 자식들에게 전하는 안부는 지루할 정도로 평온하다.

그런 모습이 처음엔 마냥 멋져 보였다. 아들 며느리와 한 집에 살아도 부엌은 따로 쓰는 게 제주 어머니라는 말을 듣긴 했지만, 나의 시댁은 며느리에게 바라는 것이 너무 없었다. 현관문 비밀번호와 무심코 한 말 한마디 때문에 시댁과 갈등을 빚는 친구들 앞에서 미안할 정도였다. 하지만 시간이 지날수록 겁이 났다. 어머니의 '어떵 안 해'를 믿으면 안 된다는 걸 알고부터였다. 어느 날 별일이 있는 게 아니면 먼저 전화하지 않는 시누이가 어머니의 근황을 전해왔다.

"엄마 얼마 전에 쓰러전. 바당(바다) 다녀오는 길에 쓰러졌댄. 응급실 갔다 완."

검사 결과 다행히 특별한 문제는 나오지 않았다. 남편은 가슴을 쓸어 내렸고, 이런 이야기를 쉬쉬하는 가풍에 화를 냈다. 어머니는 본인의 몸을 너무 믿으셨다. 혈압과 심부전증 때문에 먹는 약은 그 나이에 당연한 것처럼 말씀하셨다. 한번은 일흔이 가까운 나이에 물질이 힘들진 않은지 여쭸는데, 어머니의 답변은 역시나 예상한 대로였다.

"어떻 안 해. 엄마 건강해."

어머니가 해녀라는 사실이 너무나 익숙해서 궁금할 것도 없는 다른 가족들과 달리, 나는 틈만 나면 해녀의 생활에 관해 묻는다.

"겨울에도 바다에 들어가세요?"

"그럼, 바닷속은 안 추워."

"배고프면 새참도 드세요?"

"물에 한 번 들어가면 몇 시간씩 있어. 그래서 바당에서 먹어, 우유 같은 거."

그리고 언젠가부터 내 장래희망은 해녀가 되었다. 나는 꽤 진지했지만, 남편은 이번 생엔 포기하라고 했다. 바닷속이 얼마나 무서운 줄 아냐고, 실내 수영장에서도 발 닿는 곳에서만 노는 나 같은 애는 절대 할 수 없는 일이라고 했다. 정말 나는 해녀가 될 가능성이 없는 건지 확인 받고 싶어 하루는 어머니께 물었다.

"어머니는 바다가 무섭지 않으세요?"

"왜 안 무서워. 엄마도 무서워."

어머니는 얼마 전에 있었던 사고에 대해 말씀하셨다. 평소 심장 질환이 있던 동료가 먼 바다에서 작업하는 게 고됐는지 갑자기 심정지가 와서 응급 헬리콥터가 왔다고. 목숨은 건졌지만 그 해녀의 남편은 동료들에게 원망을 퍼부었다. 어머니는 사람이 죽을 뻔했으니 화를 내는 게 당연하다고, 너무 놀라고 미안해서 요즘도 마음이 좋지 않다고 하셨다. 순간 어머니의 눈가가 촉촉해졌다.

바다가 밥이고, 집인 해녀들. 우도 해녀의 삶을 다룬 다큐멘터리 〈물숨〉을 봤다. 타고난 숨만큼 물 안에서 쓰고, 그 숨이 다하기 전에 수면 밖으로 나와야만 살 수 있는 해녀를 위협하는 건 세 가지라고 한다. 몸을 휘감는 해초, 숨구멍을 막는 문어, 그리고 욕심에 눈이 멀어 자신의 숨을 넘기는 순간 먹게 되는 '물숨'. 다큐멘터리는 해녀를 살게 하지만 죽게도 만드는 '숨'에 관해 이야기했다.

누군가는 다시 태어나도 해녀가 될 거라 하고, 누군가는 물질은 뭐 하러 배워서 이러는지 모르겠다 하지만 그녀들에게 해녀의 삶은 운명이다. 그래서 어머니와 딸, 자매의 무덤이 되었던 그 바다에 다시 들어간다. 물속에서 작업하다 눈물이 앞을 가려 수면 위로 올라오는 해녀의 모습을 보는데 눈앞이 어른거렸다. 물속에서 눈물이 앞을 가리는 심정이란 어떤 것일까?

50년이 넘는 시간 동안 어머니도 적지 않은 동료를 눈앞에서 잃었을 거고, 보지 않은 사고는 들어야 했을 것이다. 그럼에도 불구하고 다시 바다에 들어가기 위해, 깊은 바다로 꺼질 듯한 몸과 마음을 다잡았을 테지. 들어가야 나의 가족이 먹고 살 수 있기에, 들어가서 못 나오는 일이 벌어질 수 있다는 걸 받아들인 채 해녀는 바다에 들어간다.

가끔, 아주 가끔, 제주에서 보낸 반찬을 먹다 코끝이 시큰해진다. 밖에선 사먹을 엄두가 나지 않는 성게를 크게 한 숟가락 떠서 하얀 밥에 올려 슥슥 비벼먹다가, 미역의 머리 부분인 미역귀를 새콤하게 절인 미역귀 장아찌를 오독오독 씹어 먹다가, 물속에서 숨을 참고 있을 어머니의 모습이 떠오르기 때문이다. 하지만 그런 기특한 순간은 기껏해야 몇 초다. 사래가 들리지 않도록, 밥 먹을 땐 숨 조절을 잘 해야 하니까.

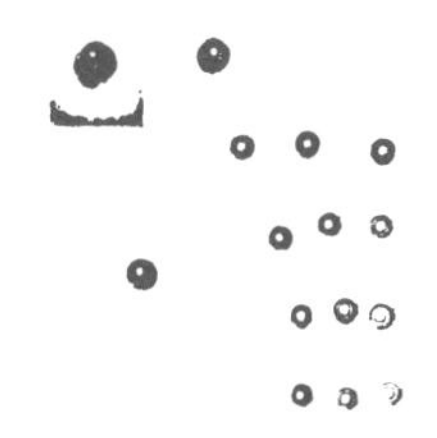

신부가 넘어야 할 '눈물 언덕'

신부가 웃으면 딸을 낳는다는 말이 있다. 태어나서 세 번째인가 네 번째로 간 결혼식에서, 그러니까 하객 역할이 아직은 낯설던 이십 대 중반에 저 말을 처음 들었다. 씩씩한 신랑은 많아도 씩씩한 신부 보기는 어려운지라 사람들은 식 내내 입이 귀에 걸려 있는 신부를 신기하게 여겼다. '결혼하는 게 저렇게 좋을까', '저렇게 좋아하면 부모는 섭섭하겠다' 같은 말이 오가는데 뒤에서 누군가 "신부가 웃으면 딸 낳는데……."라고 말했다. 신부가 웃으면 딸 낳는다는 말이 있구나 유래를 따져 볼 것도 없이 섭섭한 마음부터 들었다. 딸 낳으면 좋죠, 왜? 그럼 저는 결혼식 날 아주 방긋 웃겠습니다!

그러고 보면 결혼식 날 신부의 눈물은 빠질 수 없는 차례 같고,

때로 미덕으로 여겨지는 것 같다. 눈물을 참으려 허공을 보다가, 눈물을 말리려 손으로 부채질도 하다가, 어떻게도 안 되면 몸을 돌려 흰 장갑을 낀 손으로 눈가를 톡톡 누르는 신부의 모습이 익숙한 걸 보면.

입장해서 길 끝에 서있는 신랑과 눈이 마주치는 순간, 자신의 손을 그에게 건네주고 돌아서는 아버지의 얼굴을 보는 순간, 식이 끝나갈 때쯤 눈이 빨개진 엄마를 발견하는 순간, 오랜 친구가 떨리는 목소리로 부르는 축가를 듣는 순간까지. 눈물 참기 테스트도 아니고, 눈물이 나는 순간은 왜 이리 많은지. 신부에겐 넘어야 할 '눈물 언덕'이 참 많다.

뉴욕에 사는 친구가 청첩장을 보냈다. 낮엔 해변에서 웨딩마치를 울리고, 밤엔 댄스파티를 벌이는 결혼식. 솔직히 야외 결혼식에 대한 환상은 없었다. 잡지 기자로 일하면서 날씨를 비롯한 갖가지 변수에 일희일비하는 야외 촬영에 질린 덕분이다. 하지만 댄스파티라면 이야기가 달라진다. 동문회관 갈비탕을 내 결혼식의 한 수라 뿌듯해 하는 바, 스테이크 써는 식사는 부럽지 않아도 댄스파티는 어쩐지 부러웠다. 웨딩 싱어가 노래를 부르는 동안 신랑에게 다가와 당신의 아름다운 신부와 춤을 춰도 되겠냐며 양해를 구하는 남자들(결혼식을 배경으로 한 로맨틱 코미디 영화를 너무 많이 봤다). 그런데 뒷이야기를 들어보니 그리 부러워할 일만은 아니었다.

친구는 결혼식 전날까지 춤 연습을 하느라 바빴다고 했다. 들러리들과 걸그룹 댄스를 연습할 시간도 빠듯한데, 예비 시어머니는 하객들 앞에서 신랑, 신부의 스텝이 꼬이면 창피하다고 댄스 강사를 초빙해 연습을 시켰다. 사실 문제는 신랑보다 아빠와의 스텝이었다. 엄마와는 시시콜콜한 이야기까지 다 하는 친구 같은 사이였지만, 아빠와는 둘이 있으면 어색함에 헛기침이 나는 사이였다. 그런 부녀가 마주보고 춤을 춰야 한다니, 난감하긴 두 사람 다 마찬가지였다.

"아빠는 그런 거 절대 안 한다고 어깃장을 놓더라고. 그래서 난 그럼 내 결혼식에 아빠 초대 안 하겠다고 어깃장을 놓았지."

전날 연습할 때만 해도 심드렁했는데, 막상 사람들 앞에서 아빠와 마주서니 기분이 묘했다. 태어나서 처음인 거 같고, 앞으로도 다시는 없을 것 같은 시간. 오늘이 아니면 아빠와 이렇게 춤 출 일은 없을 거란 생각이 스쳤다. 고개를 들어 아빠의 얼굴을 본 순간, 갑자기 눈물이 났다.

"조명 탓이었던 거 같아."

조명을 받은 아빠의 얼굴은, 친구가 기억하는 것보다 훨씬 나이 들어 있었다. 자신이 한국에 없는 사이, 아빠의 시간에만 가속도가 붙은 것처럼 주름이 깊게 패인 얼굴. 눈물이 멈추지 않아 아빠의 신발만 보면서 춤을 추는데 잠자코 보던 아빠가 이렇게 물었다.

"내가 춤 못 춰서 창피하냐?"

자신과는 너무나 다른 감정선에 있는 것 같은 질문에 더 눈물이 났다. 그런 순간에도 남들 눈을 의식하고 있다는 게 답답하면서도, 평생 그렇게 남들 눈을 의식하며 살아왔을 인생이 안쓰러워 말문이 막혔다.

그때 아버지는 어떤 표정이었을까? 친구는 눈물이 멈추지 않아서, 친구의 어머니는 딸이 우는 모습에 눈물이 터져 보지 못했다고 했다. 상황이 이렇다 보니 사실 확인을 하려면 친구의 아버지께 직접 여쭤보는 수밖에 없는데, 왠지 곧이곧대로 말씀해주실 것 같지 않다.

후배는 5월의 신부였다. 원래도 예뻤지만 그날 보니 더 예뻤다. 그런데 예쁜 신부를 보는 마음이 내내 불안했다. 신부가 웃으면 웃는 대로, 잠시 웃음을 거두면 거두는 대로.

신부의 아버지는 몇 년 간 병마와 싸우셨다. 평소 웃음이 헤프단 핀잔을 들을 정도로 밝던 후배가 한동안 웃지 못한 이유였다. 실낱같은 희망을 붙잡고 가능한 모든 것을 해봤지만 결국 마음의 준비를 해야 했던 후배의 가족. 할 수 있는 일은 아버지가 막내딸의 결혼식만이라도 보실 수 있기를 기도하는 것뿐이었다.

결혼식 당일, 신부는 신랑과 행진했다. 아버지는 결혼식을 두 달 앞두고 세상을 떠났다. 몇 달 사이 조문객에서 하객으로 후배를 마주한 사람들은 언제 신부의 눈물이 터질지 몰라 조마조마했다.

신랑과 함께 입장해 주례사를 들을 때까지만 해도 씩씩했던 신부가 양가 부모님께 인사를 드리는 순서가 되자 얼굴에 힘이 들어가는 게 보였다. 이어지는 축가. 신부의 언니와 형부가 마이크를 잡은 지 얼마 지나지 않아 자매는 누가 먼저랄 것도 없이 눈물을 흘렸다.

좋은 날이니 울지 않겠다고 다짐하며 간 자리였다. 때때로 눈시울이 붉어지는 신부를 보면서 빨리 결혼하고 싶다 노래하던 후배를 떠올렸다. 그런데 옆자리 어깨가 들썩였다. 나도 아는 후배의 오랜 친구. 새침한 이미지의 그녀가 예쁜 하객이길 포기하고 눈물, 콧물을 쏟아냈다. 옆으로 전달이라도 하듯 눈물이 번지더니 어느새 우리 줄은 울음바다가 됐다. 혹여 신부가 우리를 발견하고 더 울까 다들 고개를 푹 숙인 채 울었다.

신부의 아버지가 오늘을 위해 가발을 맞춰두셨었다는 이야기는 이후에 들었다. 늦게 들은 게 다행이라 생각했다.

서른 둘, 나의 결혼식. 고모는 내 친구들보다도 늦게, 예식을 30여 분 남기고 나타났다.

우리는 결혼식 전에 상견례를 하지 않았고, 양가 부모님이 처음 만난 곳은 결혼식 당일 식장이었다. 여기까지 들으면 세상에 이렇게 자식들의 의견을 전적으로 존중하는 현대적인 부모님들이 있나 싶겠지만, 알고 보면 전혀 그렇지 않다.

고모의 고집이었다. 그런 자리를 만들었다가는 결혼이 깨질지도 모른다고. 예비 시댁에서는 내 성장 배경을 어느 정도 아셨지만, 고모는 남다른 가족 구성을 육안으로 확인시킬 필요는 없다고 했다. 그러니 예식장에서 뵙자 전해달라 해놓고, 고모가 늦었다. 고작 '휴게소 안마 의자에 잠깐 앉아 있는다는 게 깜빡 잠이 들어버렸다'는 이유로.

남편이 기다림은 길고 만남은 짧은 식전 상견례를 진행하는 동안, 나는 신부 대기실에서 입만 웃는 얼굴로 분을 삭이고 있었다. 그런데 시부모님한테 얼굴 도장을 찍고 내려온 고모는 옷을 골라달라며 부산을 떨었다. 시집은 내가 가는데 당신이 새색시처럼 보이고 싶었던 건지. 녹색 저고리에 붉은 치마로 된 비단 한복을 입고 싶은데, 고모부가 얌전한 다른 한복을 입으라고 한다며 투덜거렸다.

구겨지는 미간에 화장이 들뜨는 게 느껴졌다. 단전호흡과 명상을 배워놓지 않은 게 너무나 후회되는 순간이었다. 지금 나는 5월의 신부라는 사실을 끊임없이 상기하며 화를 눌렀다. "그냥 무난한 거 입으세요." 하는 답변이 못마땅한 듯 탈의실로 들어가는 당신의 모습에 내가 드레스 차림으로 뒷목을 잡았다는 걸 알 리 없는 고모였다. 그래 놓고 고모는 내 결혼식의 신 스틸러가 되었다. 화촉 점화를 위해 시어머니와 나란히 서서 입장 준비를 하던 고모가 어깨를 들썩이기 시작했을 때, 나는 알고 있었다. 오늘 결혼식이 끝날 때까지 고모가 울 거란 사실을.

늘 그런 식이었다. 내게 울지 말라고, 눈물은 약한 사람들이나 흘리는 거라고, 울면 남들이 얕본다고 가르쳐놓고, 고모는 늘 당신이 먼저 울었다. 내가 집에 늦게 들어오거나 성적이 떨어지면 호되게 때리고서 꺼이꺼이 울었고, 고등학교 생활관 실습 때는 궁중행사에나 어울릴 법한 화려한 한복 차림으로 가장 늦게 등장해서는 행사 내내 울었다.

예상대로 고모는 결혼식이 끝날 때까지 울었다. 나는 어땠냐고? 잠시 위기가 있었지만 눈물 언덕 한 번 누르지 않고 웃으며 행진을 마쳤다. 언젠가의 다짐처럼, 결혼식 날 방긋 웃는 신부가 된 것이다. 내가 더 활짝 웃을 수 있도록 축가 중간에 명랑하게 음이탈을 내준 후배에게 감사의 마음을 전하고 싶다.

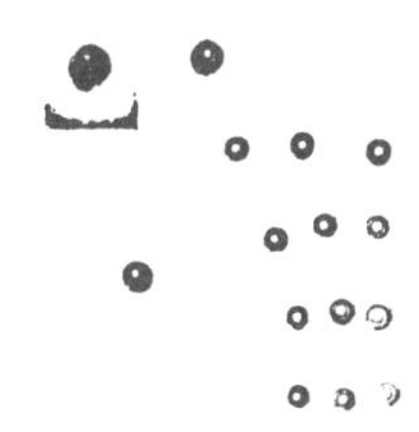

아파요 선생님

후배가 회사를 그만뒀다. 어느 날, 자고 일어났더니 한쪽 귀가 들리지 않았다고 한다. 병원은 언제나 해야 할 일 목록의 맨 끝에 두는 편이지만, 그 상태론 일을 할 수 없을 것 같아 출근길에 이비인후과에 들렀다. 증상을 들은 의사는 물었다.

"무슨 일 있었어요?"

예상치 못한 질문에 '없는데요' 하고 말끝을 흐리고 검사실로 가다가 울었다고 한다. 귀가 안 들리는 건 무서운 일이었다. 세상과 단절된 것 같은, 몸의 감각이 이렇게 하나씩 막혀 버리는 건 아닐까 하는 두려움이 일었다.

귓속과 청력 검사 결과표를 들여다본 의사는 '돌발성 난청'이라고 했다. 스트레스 외에는 정확한 원인이랄 게 없고, 혈액순환을 돕는 스테로이드제 말고는 딱히 치료법도 없는 질병. 몸이 견딜 수 있는 수치 이상의 스트레스가 쌓이면 퇴로로 특정 부위가 아프기 마련인데, 후배의 경우엔 귀로 드러난 것 같다고 의사는 말했다. 앞으로 귀가 안 좋으면 무리했단 신호이니 증상이 나타나면 스스로 컨디션을 조절하라는 당부도 했다.

일단 휴식이 필요하다는 말에 후배는 회사생활 처음으로 병가를 냈다. 의사의 말대로 좀 무리한다 싶으면 귓속이 울렸다. 심해지면 사람들의 말소리가 기계 소리처럼 들렸다. 소름이 끼쳤다.

"수영장에서 귀에 물만 들어가도 그걸 빼겠다고 폴짝폴짝 뛰잖아요? 근데 이건 뭘 어떻게 해야 할지도 모르니 답답해서 미칠 것 같았어요."

있는지도 몰랐던 '무슨 일'을 털어야 했던 후배는 결국 회사를 그만뒀다. 이야기를 듣고 새삼스럽게 후배의 나이가 궁금해졌다. 스물여덟 살이라고 했다. 이런 이십팔, 세.

나 역시 이십팔, 세에 병원에 갔다가 회사를 때려 치울뻔한 경험이 있다. 한창 마감을 하고 있었는데 갑자기 뒷목이 뻣뻣하게 굳는 느낌이었다. 고개를 옆으로 돌릴 수 없을 정도로 아주 딱딱하게, 등 전체가 돌처럼 굳어버리는 듯했다. 조금만 더 지체하면 앉은 채 뒤로 넘어갈 것만 같아 키보드를 두드리던 자세 그대로 자리에서 일어나 가까운 한방병원으로 갔다. 접수를 하고 기다리는데 헛웃음이 났다. 안 먹고, 안 싸고, 자리에 앉아 쓰기만 해도 마감이 될까 말까 한 상황에 나만 빼고 다들 여유로운 한방병원에 앉아 있다니. 매달 그랬지만 이달도 망했다 싶었다.

길고 긴 대기 시간을 마치고 드디어 진료실 문을 열고 들어갔을 때, 푸근한 인상의 의사가 웃으며 나를 맞아줬다. 그는 내 목 뒤를 만져 보고 팔을 들어보며 이런저런 질문을 했다.

"지금 어디에서 오셨나요?"

"사무실에서 일하다가요."

"직장 생활 하신 지 얼마나 됐죠?"

"이제, 4년 차?"

"4년 차라, 쉬실 때가 됐네요."

"네?"

황당했다. 당장 가서 해야 할 일이 산더미인데, 느리디 느린 말투의 의사는 내게 일을 그만두라고 하고 있었다. 이게 무슨 팔자 좋은 소리람?

"김가혜 씨의 현재 상태는 '사상누각'이에요. 모래 위에 지어진 집 같아요. 그 위에 층을 쌓아 올리면 결국 무너지게 돼 있어요."

온 힘을 다해 쥐고 있던 손안의 모래가 스르르 빠져나가는 듯

했다. 중학교 때 배운 사자성어가 이렇게 슬픈 말이었던가? 그나저나 사회생활 시작하고 나서 이렇게 걱정 어린 눈빛을 받아본 적이 있었나?

한 달에 한두 번씩, 응급실을 찾던 시기였다. 밥 먹고 걸어가다 다리에 힘이 풀려 가기도 하고, 새벽에 위경련으로 잠을 깨 가기도 했다. 응급실이라 그랬는지 나는 병원에 갈 때마다 발끝으로 서 있는 기분이었다. 생사의 갈림길에 있는 환자들을 치료해야 할 곳에서 기운이 좀 없다고, 배가 좀 아프다고 불쌍한 표정을 짓는 사람에게 안쓰러운 눈길을 줄 사람은 없었으니까.

그런데 세상 안타까운 표정의 의사를 보고 있자니, 그의 말이라면 뭐든 따를 것만 같았다. 다른 사람의 관심을 받고 싶어 병원을 제집처럼 드나드는 '뮌하우젠 증후군'의 초기 증상이었을지도 모르겠다. 의사는 당장 검사부터 하자고 했고, 난생 처음 MRI 검사를 받았다. 동굴 같은 기계 안에 누워 있는 동안 샤를로트 갱스부르처럼 음악적 영감을 얻지는 못했지만(MRI 검사에서 영감을 받아 〈IRM〉이란 곡을 발표했다) 마감은 잠시 잊은 채 잠이 들었다.

세상 까칠하고 삐딱한 게 잡지쟁이지만, 희한하게도 병원만 가면 가슴이 따뜻해져 오는 일이 많았다. 언젠가 다니는 치과가 괜찮은지 물었을 때, 옆자리 선배는 마치 오래 전부터 그 질문을 기다려온 사람처럼 한 치의 망설임 없이 말했다.

"응, 내가 서울에서 가장 믿고 의지하는 분이야."

듣고도 못 믿을 소리였다. 그 선배로 말할 것 같으면 의심의 철학자 데카르트만큼이나 의심이 많은, '출처를 확인할 때는 의심하고 또 의심해라'라는 말을 자주 하는 사람이었다. 그러니 나는 이 선배가 내가 평소 알던 선배가 맞나 의심하고 또 의심할 수밖에.

"이가 아파서 오랜만에 갔더니 전에 금으로 씌웠던 게 썩었더라고. 선생님이 너무 미안해하면서 '많이 아팠죠? 내가 책임지고 안 아프게 해줄게요' 하시는 거야. 눈물 날 뻔 했다니까."

믿음으로 충만한 자의 간증이었다. 이후 편집부 사람들은 치과에 갈 일이 생기면 너나 할 것 없이 '그 분'을 찾아갔다. 선배가 서울에서 가장 믿고 의지하는 선생님을 말이다.

다른 후배는 목이 아파 병원에 다녀오더니 이런 글을 남겼다.

'아~ 해보세요~ 라는 선생님 말에 심쿵. 아~ 꿀성대!'

연애를 할 것이지 병원에 가서 사랑에 빠지는 건 뭐냐고 놀렸더니 이런다.

"찢어질 것 같던 목이 사르르 낫는 기분이었다고요!"

나도 안다. 날 걱정하는 의사의 눈빛과 말투에서 마치 음이온이라도 나오는 것처럼 몸과 마음이 낫는 그 느낌. 그런데 진료실에서 펼쳐지는 그 짧은 로맨스가, 때론 엄청난 배신감을 안겨주기도 한다.

그날 한방병원에서 기분이 한없이 말랑말랑해졌던 나는 수납 창구 앞에서 다시 뒷목을 잡아야 했다. MRI 검사 비용 때문이었다. 0을 하나 빼도 부담스러운, 당시 월급의 반에 해당하는 금액이었다. 이미 해버린 검사를 무를 수는 없으니 엄청 비싼 일주일 치 약은 빼달라고 하고 카드를 내밀었다.

일주일 뒤 마감을 끝내고 다시 병원을 찾았을 때, 진료실 문을 열자 지난번과 달리 어딘가 능글맞아 보이는 의사가 웃으며 나를 맞았다. 이번엔 봉침을 맞아보라고 했다. 어쩐지 또 물 흐르듯 흘러가는 상황이 불안해 간호사한테 봉침의 가격을 물었더니 역시나. 주사 바늘보다 침 값이 더 따끔했다.

다시 마주한 의사에게 나는 중학교 때 학년주임 선생님한테 대들 때처럼 두 주먹에 힘을 불끈 쥐고 말했다.

"선생님, 환자에게 검사나 치료를 권하실 때는 이게 왜 필요한지, 비용이 얼마나 드는지, 설명하고 동의를 구하셔야 되는 거 아닌가요?"

의사는 황당한 듯 말을 잃었고, 나는 남은 말이 많았다.

"지난번에 너무 당연하게 MRI 받고 오라고 하셨죠? 그 비용이

자그마치 60만 원이 넘어요. 그렇게 큰 비용을 지불해야 할 검사는 환자에게 동의를 구하시는 게 맞지, 소변 검사처럼 말씀하시면 안 되죠!"

의사는 준비한 봉침을 놓지 않았고, 나는 그 병원에 다시 가지 않았다. 의사 말은 믿지 않겠다고 다짐도 했다.

○

다짐은 어디까지나 다짐일 뿐이다. 최근 2년 동안 내가 서울에서 가장 믿고 의지한 사람은 두 명의 산부인과 의사였다. 그러고 보니 두 선생님 모두 안경을 쓰고 깡마른 여자 의사다.

고민 끝에 찾아간 난임 클리닉에서 김 선생님을 만났다. 첫 대면에서 나는 유난히 긴장했는데 그래서 그런지 부연 설명은 최대한 생략하는, 기본적인 안내만 하는 말투가 어쩐지 서운했다. 하지만 한 달에 많게는 네댓 번씩 마주하며 함께 계획을 세우고, 실패하고, 다시 계획을 세우면서 그녀는 계속해서 나를 격려했고, 나는 그녀 앞에 놓인 각티슈 휴지를 뽑아 썼다. 그리고 건조한 말투도 조금씩 이해가 됐다. 간절한 바람으로 병원을 찾은 사람들에게 힘을 주되, 섣부른 기대로 더 큰 상처를 받지 않게 하려는 조심스러운 태도. 임신 5개월이 지나 이젠 더 이상 이곳에 오지 않아도 된다며 "졸업을 축하해요."라고 말할 때, 선생님은 전에 없이 다정했다.

출산을 위해 옮긴 대학병원에서 권 선생님을 만났다. 오늘 처음 보는데 어제도 본 것처럼 반갑게 "안녕하십니까!"라고 인사하는 분이었다. 이전 병원에서 특별한 문제가 있었냐는 첫 질문에 나는 왠지 주눅이 들어 더듬더듬 말했다.

"검사상 특별한 문제는 없었는데요. 일단 제가 노산이고, 아이들이 쌍둥이라 위험군에 속한다고 하셨어요."

내 말에 선생님은 아하, 하고 잠시 뜸을 들이더니 내 쪽으로 몸을 기울이며 말했다.

"일단 노산은, 이 연령대의 산모들 수두룩하고요. 쌍둥이는 상대적으로 위험하긴 하지만 우리가 잘 키우면 되죠. 안 그래요?"

대학 신입생 시절 반했던 여자 선배를 다시 만난 것 같았다. 웃으면서 "네!" 했더니 "오케이! 다음에 봅죠!"라던 선생님. 아이들을 낳은 후 가장 아쉬운 일은 그 명쾌한 '오케이!'를 다시 들을 수 없다는 것이었다. 마지막 진료 때 "오늘이 정말 마지막인가요?"라며 물었는데 선생님은 이렇게 되물었다.

"또 보고 싶어요? 이번에도 쌍둥이?"

다시 뵐 일은 없겠지만 가끔 두 선생님이 보고 싶다. 하지만, 아무리 그래도, 에이. 얼마나 됐다고?

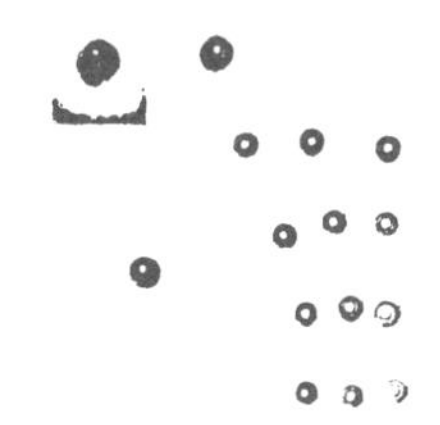

그렇게 아버지도 운다

나의 친구 K는 다정하고도 무심하다. 아니다, 무심하고도 다정한가? 일단 무심하단 증거. 전화를 하면 늘 한결 같은 말로 받는다.

"어, 왜?"

처음엔 당황했다. 어, 왜라니? 혹시 화났니? 누군지 알고 받은 거니까 '용건'을 묻는 거라고 했다. 뭐 이렇게 합리적이면서도 정 없는 애가 있을까? 그런데 엄마의 전화도 "네, 왜요?"라고 받는 걸 보고 참 일관된(?) 친구라 생각했다. 그래서 어느 날 그가 "어, 가혜야."라고 전화를 받았을 때, 이게 뭐라고 좀 감동했다.

한번은 같이 지하철을 타고 가다 우산을 든 사람들이 타는 걸 보고 밖에 비가 오는 걸 알았다.

"비 오나 보네?"

"어, 오늘 비 온댔어. 우산 안 챙겼어?"

"응. 난 우산 챙기는 게 세상에서 제일 귀찮아."

"응."

으응? 그게 끝? 보통 '세상에서 제일' 어쩌고 하는 표현을 쓰면 그게 정말 내 인생에 득이든, 해든, 어떤 방향으로든 먼지만큼의 영향을 끼치지 않는다 해도 '왜', '어째서' 같은 궁금증이 일지 않나? 그래, 역시 넌 남 일에 관심이 없구나.

'나 있지, 어릴 때부터 비 온다는 예보에 우산을 챙겨 나가면 그날은 꼭 하늘이 너무 맑아 좌절했었어. 근데 우리 집엔 2단이나 3단으로 접히는 예쁜 자동 우산은 없고 커다란 파라솔 우산밖에 없어서 들고 다니기 무거웠거든. 그래서 집에 오는 길에 버린 우산이 한 트렁크는 된단다' 말해줄 수 있는데 말이다. 나 정말 말 하는 거 좋아하고 나름 재밌는 앤데, 얘는 좀처럼 기회를 주지 않는다.

지하철에서 먼저 내리는 건 K였다. 문이 열리자 손바닥을 어깨 높이로 들어 보이고는 짧고 담백하게 인사한다.

"간다."

"그래 잘 가렴."

지하철 노선도를 보며 남은 정거장 수를 세는데 되돌아온 K가 뭔가를 건넨다. 가방에 있던 우산이다. 됐다고 말하려는데 문이 닫혀 버린다. 고마운 마음을 담아 한껏 웃어줘야지 하는데 가방끈을 한 번 추켜올리더니 뒤도 돌아보지 않고 저벅저벅 걸어간다. 저런 무심하고도 다정한 녀석 같으니, 아니다 다정하고도 무심한 녀석인가?

그렇게 무심하고도 다정한 인간인 K가 내게 전화를 해 엉엉 운 날이 있다. 안부 전화인가 해서 받은 전화. "통화 돼?"라고 묻는 목소리가 떨리고 있었다. 괜찮다는 말이 끝나기 무섭게 수화기 너머에서 울음이 터졌다. 그의 딸이 수술 중이라고 했다.

부부가 큰 맘 먹고 떠난 제주에서의 휴가. 잠깐 한눈을 파는 사이 소파에서 뛰던 아이가 테이블로 떨어져 콧등이 찢어졌다. 응급실 의사는 아이가 너무 어려 마취를 할 수 없다 했고, 꿰매는 동안 버둥대는 아이를 붙잡고 있어야 했다. 눈을 질끈 감고 싶지만 무서워하는 아이와 눈을 맞추며 태연한 척 해야만 했던 그는 애써 그래도 이만한 게 다행이라며 생각했다. 그런데 실밥을 빼려고 간 성형외과에서 아이의 코뼈가 주저앉았단 말을 들었다. 급하게 수술에 들어갔고, 아이는 전신마취를 했다.

K는 자신이 조금만 더 신경 썼어도 이런 일은 없었을 거라며, 아이에게 미안하고 안쓰러워서 미칠 것 같다고 했다. 전화기를 들고 있는 것 말고는 아무것도 할 수 없는 나도 이렇게 답답한데, 수술실 앞에 앉아 기다리는 것 말고는 아무것도 할 수 없는 아버지의

마음은 오죽할까. 한참을 울고 난 그는 갑자기 전화해서, 울어서 미안하다고 했다. 그리고 들어줘서 고맙다며 전화를 끊었다.

그 뒤로 K의 딸을 볼 때면 가슴을 쓸어 내렸던 그 통화가 생각난다. 다행히 예쁜 딸의 얼굴엔 흉터가 남지 않았(다고 생각했)는데, K는 자신의 눈엔 너무나 잘 보이는 콧등 흉터를 내가 보지 못한다며 내 시력을 걱정했다.

얼마 전 만난 K는 여전히 딸바보였다. 딸 전화에 혀 짧은 목소리로 이름을 부르는 건 기본, 딸이 하나 더 늘어서인가 팔푼이 짓이 곱절이 아니라 제곱으로 늘었다. 말하는 내내 두 딸에게서 시선을 떼지 못하던 K. 그래도 가장의 무게가 힘겨울 때도 있지 않냐고 묻자 그건 잘 모르겠고, 최근 '딸만 둔 아버지로서의 고독'을 느낀 적은 있다고 했다. 장소는 뜻밖에도 수영장 탈의실 앞.

"아내가 딸들을 데리고 들어가는데 그 자리가 평생 내 위치인가 싶더라. 나는 못 들어가는 곳으로 들어가는 셋을 뒤에서 지켜보는 자리. 문득 쓸쓸해지더라고."

탈의실 밖에 홀로 남겨져 고독을 홀로 맛봐야 했던 그가 어떻든 K는 그의 무심함마저 다정함으로 바꿔버린 두 딸의 아빠가 돼 있었다.

회덮밥을 비비다 친구 B가 생각났다. 강릉에 계신 그녀의 아버지도.

B의 등에는 흉터가 있다. 스물한 살, 기숙사 입실을 위해 받은 건강검진에서 엑스레이 사진에 하얀 덩어리가 찍혔다. 손바닥 만한 간이 엑스레이 사진에서도 보일 만큼 커다란 종양. 고3 때 가슴이 아파 이런저런 검사를 다 해봤을 땐 너무 작아서 보이지도 않던 게 몇 년 새 무럭무럭 자라 터지기 직전에 발견된 것이었다.

우리가 친해졌을 때는 수술을 하고 일 년 반쯤 지나고서였다. 한낮의 감자탕집에서 술을 마시다 이야기를 듣고 그 애의 등을 만졌던 기억이 난다. 손끝으로 살짝 패인 자리를 누를 때, 이 친구의 스위치를 꺼버리는 건 아닐까 무서웠던 것도. 지나간 일이라지만 B는 말하는 동안 참 덤덤했다.

병원이 바닷가에 있는데 병실에서 보는 풍경이 끝내줬어, 알고 보니 창업주가 인생 말년에 요양할 목적으로 지은 병원이더라, 다행히 가슴엔 수술 자국이 안 남았어, 담당 의사가 나중에 비키니도 입어야 하지 않겠냐며 등을 쨌거든, 같은 말을 할 때조차도 너무 덤덤해서 이걸 웃어야 되나 말아야 되나 고민했다. 그런데 딱 한 번, 그 애의 눈빛이 흔들리는 걸 봤다.

그날 엄마는 무슨 일이 있었는지 입원하러 가는 길은 아빠와 단 둘이었다. 아빠는 곧 금식에 들어갈 딸에게 먹고 싶은 음식을 물었고, B는 회덮밥을 골랐다. 처음으로 부녀가 단 둘이 하는 외식이었다. 횟집에 앉아 밥을 비비는데 아빠가 말했다.

"네 덕에 회덮밥도 다 사먹어 보네."

한평생 여유 없이 살았지만 풍류를 즐길 줄 알았던 아빠. 늘 허리를 졸라매고 산 엄마는 한숨을 지을 일이지만 아빠의 '한턱'은 남매에게 재미있는 추억이 되었다. 기간으로 치면 몇 달 남짓, 하는 일이 잘 됐던 짧은 황금기에 아빠는 서울 가는 남매를 비행기에 태웠다. 출발 두 시간 전에 공항에 가 기다리고, 타고, 내리는 시간까지 치면 네 시간 걸리는 버스와 별 차이도 없었지만, 설레고 들떴던 시간이었다. 그 뒤로는 늘 돈으로 사고를 쳐서 엄마에게 구박을 당했지만 아빠는 의외의 순간에 사람을 감동시키는, 울컥하게 만드는 재주가 있었다.

오빠가 우리나라 최고의 국립대에 들어가며 부모님의 자랑이 된 후, B에게 주어진 선택지는 국립대 아니면 교대였다. 넉넉하지 않은 살림에 남매를 공부시키려면 어쩔 수 없다고 했다. 그래서 서울에 있는 사립대학에 수시로 합격했을 때, 엄마는 기뻐하지 않았다.

"너 거기 붙어도 다른 데 쓸 수 있지?"

수능을 5일 앞둔 날, 학교에선 티도 내지 못하고 가족들의 축하만 기대하며 집에 온 B는 엄마의 첫마디에 말문이 막혔다. 그런데 방에 아빠가 있었다.

"본인은 배운 게 없고, 네가 얼마나 힘들게 좋은 학교에 갔는지 잘 모른다, 그래도 우리 딸이 하고 싶은 거 하게 돼서 축하한다고 하시더라. 그리고는 손에 꼬깃꼬깃 쥐고 있던 10만원을 주고 나가셨어. '국문과 멋있다!' 하시면서."

수술이 끝나고 병실에서 정신이 깬 B는 얼마나 울었는지 새빨개진 아빠의 눈을 보았다고 했다. 의사가 보여준 오리알 만한 종양 덩어리 때문이었다.

그 뒤로 회덮밥을 먹을 때마다 두 사람이 생각난다. 스물한 살 딸에게서 종양을 떼 내러 가는 길에 한 둘만의 첫 외식. 아버지는 더 좋은 걸 사주고 싶지만 특유의 낭만을 살려 기분을 낼 날이 아니다. 회덮밥이 뭐 별거라고, 이걸 밖에서 처음 사먹을 정도로 팍팍하게 살았던 지난 시간이 미안해졌을 아버지. 수술만 하면 괜찮아진다지만 세상에 백 퍼센트 안전한 수술은 없기에 자꾸만 불안해지셨을 거다. B의 아버지가 눈물을 누르며 목구멍으로 밀어 넣었을 회덮밥. 왠지 시큰해져 초장은 최소한만 뿌리게 된다.

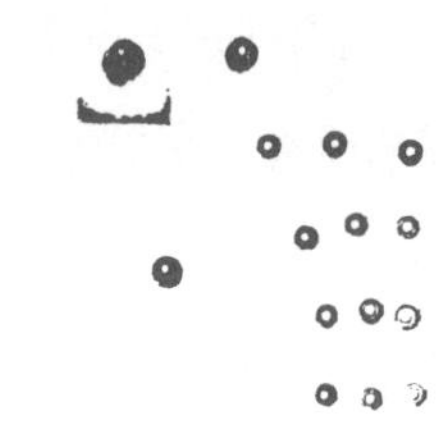

집 밥이 그리워질 때

"너네 엄마 요리 못 하시지?"

가족은 건드리는 게 아니라는데, 확인한 적 없는 어머니의 요리 실력을 두고 한동안 후배를 놀렸다. 식당 열 곳을 가면 열 곳 다 맛있어 하는 모습에 시작한 장난이었다. 그때마다 후배는 사오정처럼 뒤집어지는 목소리로 반색했다.

"지금 우리 엄마 욕하시는 거예요?"

생각해 보면 참 못된 장난이었다. 놀리다 보니 어느 순간 사실처럼 돼버려서, 고향집에 가서 집 밥을 먹고 왔다는 후배를 딱히 부러워한 적이 없었다. 그런데 얼마 전 그 어머니의 요리가 궁금해졌다. 후배가 결혼 후 노르웨이로 떠나기 전에 먹었다는 '추억 모듬 밥상' 때문이었다.

"엄마가 준비한 음식의 의미를 하나하나 설명해주는 거예요. 이건 네가 고등학교 때 매일 먹던 김밥, 이건 네가 대학 때 집에 올 때마다 먹던 된장찌개, 그리고 사회생활 하면서 찾은 소고기…… 듣는데 울컥하더라고요."

어머니는 늦게 일어나 아침밥을 거르기 일쑤인 고등학생 딸을 위해 매일 아침 김밥을 말았고, 서울에서 자취하는 대학생 딸이 집에 내려올 때마다 찾는 된장찌개를 끓였다. 그리고 사회생활 시작 후 명절에도 잘 못 내려오는 딸을 위해 명절에만 먹던 소고기를 구웠다.

출국을 앞둔 딸과의 마지막 식사를 준비하는 어머니의 마음은 어땠을까? 딸이 간다는 곳은 북극으로 가는 관문이라 불리는 노르웨이 북단의 트롬쇠. 북극 오로라 여행을 검색해 본 사람이 아니라면 낯설고 아득하기만 한 지명. 정육점에서 제일 좋은 등급의 소고기를 고르고, 김밥 속 재료를 하나하나 준비하고, 갖은 재료를 넣은 된장찌개를 보글보글 끓이며 때때로 먹먹해졌을 것 같다. 아, 나는 이런 어머니를 두고 '느그 아부지 뭐하시노' 만큼이나 무식한 호구 조사를 했단 말인가?(어머니, 반성하고 있습니다.)

겨울에는 해가 뜨지 않는 지구 북단에서 가끔 한국 음식이 그리울 때, 그래서 장을 보러 갔는데 필요한 재료가 없을 때면 생각난다는 엄마가 해준 밥, 집 밥.

"얼마 전엔 엄마가 트롬쇠로 구운 김을 가득 넣은 택배를 보내셨더라고요. 김도 제 추억의 음식이거든요. 집에 내려갔는데 부모님이 바쁠 때면 엄마가 쪽지를 남겨놓고 나갔었어요. '엄마 나간다, 김이랑 밥 먹어라'라고."

그러고 보면 때때로(혹은 자주) 밥 차리는 걸 귀찮아하는 엄마의 모습도, 오래된 식탁과 냄비받침처럼 집 밥 풍경의 일부다. 시중에서 판매하는 조미 김이라 할지라도, 후배는 엄마가 보낸 그 김을 꺼내 먹을 때마다 집 밥을 먹는 기분일 것 같다.

살림은 할머니에게 맡기고 늘 바깥 일로 바빴던 고모의 집 밥 솜씨는 단언컨대 다른 집 엄마들보다 못했다. 중학교 때였나, 할머니가 일주일 동안 친척집에 간 동안 고모가 싸준 도시락은 여태 잊히지 않는다. 어느 등산모임에서 받은 손수건 보자기를 펼치자 나타난 남자 어른 손바닥 만한 반찬통 두 개. 하나엔 고봉밥보다 많은 양의 밥과 달걀 프라이, 다른 하나엔 맥주 안주에나 어울릴, 프라이팬에 한 번 볶기만 한 멸치와 고추장이 담겨 있었다. 엄청난 보온력을 자랑하는 빨갛고 파란 일제 보온 도시락 통에, 밀푀유처럼 예쁘게 만 달걀말이, 슈퍼에서 파는 냉동 돈까스와는 차원이 다른 수제 돈까스가 들어있던 친구들의 도시락. 그 앞에서 나는 최대한 주눅 들지 않은 척 연기를 했다.

"봤냐? 우리 고모 스케일?"

그렇게 집 밥에는 맛도, 정성도 부족한 고모였지만, 신기하게도 식당에서 내는 김치 하나는 기가 막히게 담갔다. 특히 묵은지 맛이 좋았는데, 한때 몇몇 매스컴을 통해 소개되며 묵은지 달인으로 불리기도 했다. 팔이 안으로 굽지 않는 가풍상 오빠와 나는 고모의 김치 비결을 그저 '미스터리'라 했지만, 어쩌다 유명한 묵은지 찌개 집이나 홍어집에 가 김치 맛을 볼 때면 고모표 김치를 인정할 수밖에 없었다.

서울에서의 자취 생활이 길어질수록 우리식당 밥을 떠올리는 날들이 늘어났지만, 그 맛을 안고 살기는 힘들었다. 냉장실과 냉동실이 함께 있는 미니 냉장고를 쓰던 자취생 시절과 남편이 쓰던 242리터 냉장고를 쓴 신혼 시절, 집에서 보내준 김치는 애물단지에 지나지 않았다. 제발 조금만 보내라니까 손은 또 어찌나 큰지, 무심코 들었다가 허리가 나갈 뻔하고 김치 통 뚜껑을 열어볼 엄두조차 못 낸 적도 있다. 그렇게 냉장고에 넣는 것도 포기하고 베란다에 몇 달을 방치하다 마침내 뚜껑을 연 날 음식 쓰레기통으로 직행했으니, 불교식으로 생전에 남긴 음식을 사후에 먹게 된다면 가장 많은 지분을 차지하는 건 단연 우리 집 김치일 것이다.

몇 년 전, 김치 칸이 따로 있는 양문형 냉장고를 구입해 상황이 좀 나아졌지만 냉장고에서 쉰내가 날 때면 고향의 맛 김치는 어김없이 고향 냄새의 주범으로 전락했다. 나란 인간은 어느 날 갑자기 '김치가 떨어졌어'라는 말을 할 사람이 없을 때가 돼서야 기꺼이 김치 통을 품을 수 있을 것 같았다.

()

언젠가 인터뷰로 만난 김소연 시인은 돈을 들여 큰 김치냉장고를 산 이유에 대해 이렇게 말했었다.

"내 스스로 먹는 것을 온전하게 책임지고 싶다는 욕망 때문이었어요. 우리 엄마가 여든이 넘어 혀의 감각을 잃다시피 해서 반찬이나 김치가 맛이 없어지더라고요. 이젠 엄마 집에 갈 때 반찬을 해가지고 가요. 그렇게 맛없는 것만 먹고 사는 부모님이 가엾다고 할까? 더 이상 부모 밑의 자식이 아니라 부모도 자식처럼 건사해야 하는 사람이라는 게 상식이 된 거죠."

집에 큰 김치냉장고를 들인다는 건 내 스스로 먹는 것을 온전하게 책임진다는 것, 내가 누군가를 건사해야 한다는 의미라고 했다. 그 말을 듣고 다음 질문으로 넘어가기까지 꽤 뜸을 들였던 기억이 난다. 언젠가 나의 집에 김치냉장고를 들인다는 게, 내게 어마어마한 양의 김치를 들려 보내는 고모의 부재가 될 수도 있다는 건 가슴이 서늘해지는 이야기였다. 둘 곳도 없었지만, 당분간 김치냉장고엔 눈길도 주지 말아야지 생각했다.

막연히 두렵기만 했던 김치냉장고에 대한 대책을 마련한 건 김민정 시인의 산문집에서 발견한 글귀 때문이었다. 시인은 아픈 엄마를 걱정하다 이런 깨달음을 얻는다.

내가 엄마의 부재를 알뜰히 살핀 것은 혹여 엄마보다 엄마 밥상에 대한 강한 애착 때문이 아니었을까. 젓가락 하나 못 집을 만큼 기력 없는 엄마를 보면서 뒤로는 엄마가 버무리는 잡채 생각이 너무나도 간절했던 탓이리라. 그러니 자식 키워 무슨 소용이냐고들 하는 거겠지. 하지만 어쩌랴, 자식은 엄마 등골 뽑아먹기로 작정한 채 태어난 요물들이니. 이 봄 엄마는 아픈데 엄마의 밥은 만날 먹고 싶고 하여 딸이 낸 묘안이 엄마의 요리비책이니, 집집마다 그렇게들 남겨보면 어떨까. 이보다 더한 가보가 또 어디 있을라고.

–《각설하고,》'엄마밥, 엄마의 존재' 중에서°

°《각설하고,》, 김민정, 한겨레출판, 2013

늘 미스터리였던 고모의 김치 비결을 이젠 파헤칠 때가 온 것일까? '이거다!' 싶다가도 막상 행동에 옮기려니 또 미루고 싶은 마음이 든다. 부모가 건강하실 때 미리 찍어두는 영정 사진처럼, 어쩐지 그 준비가 유난이다 싶어 피하고 싶다. 그날을 대비한다는 생각만으로도 목구멍이 뜨끈해지는 것이 싫다. 하지만 안다. 이건 게으름이 8할인 변명이다. 김치통을 끌어안고 우는 날이 오기 전에, 아니 당장 이번 겨울에, 노트 한 권을 들고 집에 내려가야겠다.

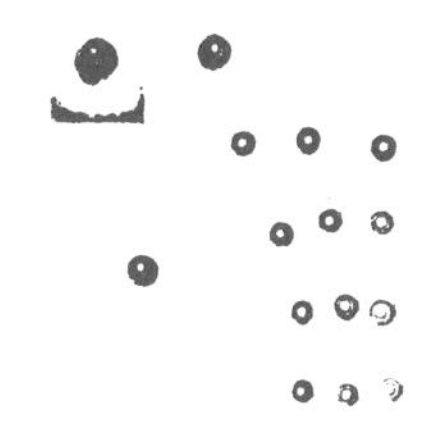

위대한 껌딱지들

영화 〈룸〉을 보다 펑펑 울었다. 3평 남짓한 방, 벽 너머 세상과는 단절된 작은 세상에 엄마와 아들이 살고 있다. 열일곱 살에 납치당해 7년간 방에 갇혀 살게 된 조이와 방에서 태어난 그녀의 아들 잭. 아침에 일어나면 램프에게, 화분에게, 세면대에게 인사하며 하루를 시작하는 잭은 TV에 나오는 세상은 가짜, 천장 유리로 보이는 바깥세상은 우주인 줄만 알고 자란다.

잭이 다섯 살이 되었을 때, 조이는 아들과 함께 감옥 같은 창고를 탈출하기로 한다. 한 번도 방 밖으로 나가본 적 없는 아이에게 바깥에 나가서 해야 할 일을 반복해서 설명하던 그녀는 두려워하는 잭에게 이렇게 힘을 준다.

"엄마가 늘 네 안에서 말해줄 거야."

두 사람은 탈출에 성공한다. 그런데 이 영화가 단순히 스릴 넘치는 탈출 이야기가 아니라 사람들을 울린 휴먼 드라마로 완성된 건 탈출 이후의 이야기, 눈에 보이지 않는 세상의 벽 밖으로 나오는 과정에 주목하기 때문이다.

조이는 자신의 아들과 눈을 마주치지 못하는 아버지의 시선에 상처받고, 세상의 지나친 플래시세례에 지쳐간다. 다행히 잭은 진짜 파란 나뭇잎이 있는 진짜 세상에 생각보다 빨리 적응해간다. 그런데 무슨 이유에선지 엄마가 하늘나라로 빨리 가려 하는 걸 알게 되고, 엄마가 자신에게 해준 것처럼 힘을 줘야겠다고 생각한다. 삼손처럼 힘의 원천이라 여겼던 자신의 머리카락을 잘라 병원에 있는 엄마에게 보내기로 한 것. 비장한 표정으로 가위를 내밀며 잭은 외할머니에게 묻는다.

"내 힘샘이 엄마한테 힘을 줄까요?"

긴 머리의 작은 영웅에게 감동한 외할머니는 손자에게 이렇게 말한다.

"물론이지. 누구나 서로에게 힘을 주는 거야. 혼자 강한 사람은 없단다."

그리고 이 영화에서 내가 가장 좋아하는 대사가 이어진다.

"서로 힘샘을 나눠 쓰는 거야."

내가 우는 모습을 가장 많이 목격한 어린 생명체는 친구의 딸 수희였다. 엄마의 칭찬에 엉덩이춤을 추고, 엄마의 꾸지람에 세상을 잃은 듯 서럽게 우는 아이. 우는 이유는 다양했다. 엄마가 준 음식에 매운 게 들어있어서, 엄마가 자신보다 가위바위보나 달리기를 잘 해서, 엄마가 이모들(친구들)을 만났을 때 자신과 놀아주지 않아서. 오늘은 웬일로 안 울고 넘어간다 싶은 날엔 자기 전에 하루를 돌아보며 엄마에게 서운한 것을 찾아내 기어코 운다고 했다. 재밌는 건 엄마한테 서운하거나 화가 나서 우는 상황에도 늘 엄마 품에서 운다는 사실이었다. 딸의 등을 토닥거리면서도 고개를 절레절레 젓는 친구의 모습을 보며 소리도 못 내고 웃은 적이 한두 번이 아니었다. 가끔은 "진짜 행복한 거 맞지?" 물으며 놀리곤 했는데, 그 말이 서운한지 눈을 흘기며 말했다.

"행복하다니까!"

하지만 어느 날, 친구의 대화창 속 프로필 사진을 보고 내가 졌다는 걸 인정했다. 부러웠던 거다. 여섯 살 수희가 사인펜으로 쓴 편지 때문이었다. 누워 있는 엄마를 그리고 그 옆에 '엄마 아프지 마요. 엄마 빨리 나아요'라고 쓴. 친구는 애 때문에 아플 시간도 없다고 우는 소리를 했지만, 나는 그 말을 믿지 않았다. 딸의 예쁜 편지 덕분에 자리를 훌훌 털고 일어난 게 확실했다.

다른 친구의 딸 예나는 한동안 매일 울었다. 밥을 먹다가, 만화를 보다가, 인형놀이를 하다가 갑자기 이런 질문을 하면서.

"엄마도 죽어?"

얼마 전 친구의 외할머니가 돌아가셨고, 아이는 그때 처음 알았다. 자신이 알던 누군가가 어느 날 갑자기 하늘나라로 떠날 수 있다는 사실을. 여섯 살 인생에 처음 느끼는 상실감이었다. 그 뒤로 엄마에게 매일 물었다. 엄마도 할머니처럼 어느 날 갑자기 하늘나라로 떠나는 거냐고. 여섯 살 딸에게 죽음을 설명하는 건 너무나 어려웠고, 이해시키는 것보다 중요한 건 아이의 공포를 달래주는 일이었다. 모든 사람은 언젠간 하늘나라로 간다는 걸 알게 된 딸의 마음속에 싹 튼 최대의 공포는 '엄마의 부재'였다. 딸이 눈물을 쏟을 때마다 친구는 아이를 꼭 끌어안아주며 말했다.

"그건 정말, 정말 나중의 일이야. 엄마가 할머니가 되려면 얼마나 많은 시간이 걸리게? 우리 예나가 엄마처럼 결혼해서 아이를 낳고, 그 아이가 또 커서 아이를 낳고, 그러려면 엄청 시간이 오래 걸리겠지?"

서럽게 울던 아이는 '아이가 커서 아이를 낳고, 또 그 아이가 커서 아이를 낳고'란 말을 수차례 반복하는 이 답변을 다 듣고서야 안심하며 눈물을 닦았다. 그리고 해피엔딩의 동화책 한 권을 다

읽은 듯 자신의 엄마가 할머니가 되는 순간이 얼마나 아득하게 먼 일인지를 깨닫고 좋아했다. 친구의 집에 갔을 때, 예나는 엄마에게 들은 그 이야기를 내게 들려줬다.

"이모, 우리 엄마가 할머니가 되려면 얼마나 많은 시간이 걸리게요? 그건 예나가 무럭무럭 커서 어른이 된 다음에 결혼을 하고, 아이를 낳고, 그 아이가 또 커서 결혼을 하고, 그럼 시간이 엄청, 엄청 많이 걸리겠죠? 그러니까 아주, 아주, 아주, 아주, 아주, 머언 이야기예요."

그러고는 뭐가 그렇게 좋은지, 허리가 꺾이도록 고개를 제쳐가며 까르르 웃었다. 앞니가 사이좋게 빠진 자리를 보며 나도 같이 웃었다.

친구에게 외할머니는 각별한 존재였다. 바쁜 부모님을 대신해 친구를 키워주셨으니 그럴 수밖에. 외국에서 살던 친구가 서울에 잠깐 들어왔던 몇 해 전, 패스트푸드점에서 그 친구를 울리고 그 사실을 새삼 깨달았다. 오랜만에 가족 안부를 묻다가 할머니 건강을 물은 게 화근이었다. 감자튀김을 집으려던 친구의 손이 멈칫하더니 금방 커다란 두 눈에 눈물이 그득해졌다. 거동이 불편해지신지 좀 됐다고, 할머니 생각을 하면 외국에서 지내는 게 죄스럽다고 했다.

그리고 몇 해가 지나 부고 소식을 듣고 장례식장으로 가는 길. 패스트푸드점 냅킨으로 연신 눈물을 닦던 친구의 얼굴이 떠올랐다. 그 큰 눈으로 또 얼마나 많은 눈물을 흘렸을까? 울면 눈이 새빨개져서 얼굴도 못 드는데 괜찮을는지.

하지만 걱정과 달리, 친구는 웃는 얼굴로 나를 맞아주었다. 껌딱지처럼 붙어 있는 딸 덕분이었다. 만화 주인공 같은 목소리를 가진 예나는 엄마의 귀에 대고 소곤소곤 끊임없이 무언가를 말하고 있었다. 한 품에 쏙 들어오는 딸을 끌어안은 채 머리를 맞대고 있는 친구의 모습을 보니 마음이 놓였다.

"도착해서 많이 울었어. 근데 예나가 옆에 와서 양팔로 내 목을 감싸고 안아주더라고. 엄마 너무 슬퍼하지 말라면서, 예나가 지켜주겠다고 하면서."

그렇게 온기 넘치는 예쁜 말은 어디서 배웠을까? 아이의 기초체온이 어른보다 높다는 건 알았지만, 어른의 그것보다 온도가 높은 아이의 따뜻한 말 한 마디에 친구는 물론이고, 친구의 가족들 모두 위로 받고 있었다. 아이를 키우는 건 부모라지만, 부모를 부모로 키우는 건 아이라더니 그 말이 맞는 것 같았다.

힘샘을 나눠 쓰는 위대한 껌딱지들, 외계인이 아직 지구 정복을 못한 건 다 너희 덕분인 것 같다.

눈물엔 눈물만 한
위로가 없다

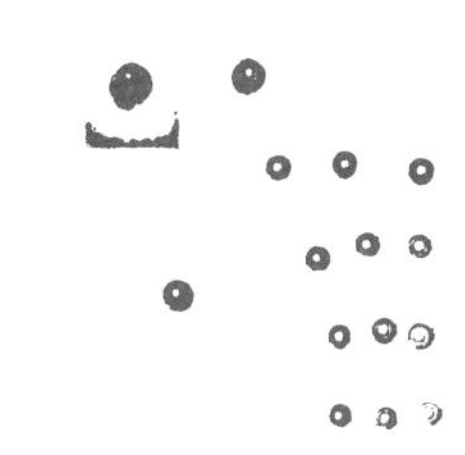

너에겐 다른 남자가 필요해

넌 눈물이 말랐대 난 지금 쏟아질 것 같애

소울 다이브의 〈눈물이 말랐대〉를 듣다 한숨이 나왔다.

그 동안 나 땜에 너무도 많이 울었다면서
너는 수없이 기횔 줘도 변한 게 없다면서 무슨
일방적으로 툭 던졌지 우리는 끝이라는 말을
나는 장난인 줄로만 알았어 니가 울기 전만 하더라도
표현을 자주 못한 거? 일할 때 전화 못 받던 거?
안정되지 않은 직업 때문인가 자세히 말해봐 뭐야 좀°

답답하기는. 여자가 눈물이 말랐다면 끝이다. 여자의 '헤어져'는 '잡아줘'라고 반박해봤자 소용없다. 이 사랑은 정말로 끝났다. 디 엔드(The End).

💧

J는 인기가 많았다. 눈에 띄는 외모에 털털한 성격과 유머감각을 겸비한, 내가 남자였어도 좋아할 만한 여자. 하지만 연애의 민낯은 안 보는 게 좋았을 걸 싶을 정도로 비참했다. J의 마음을 얻기 위해 시간과 돈과 열정을 퍼붓던 남자들은 이상하게도 연애만 시작하면 이기적인 남자로 돌변했다. 최악의 남자는 자신을 걱정시켰다는 이유로 친구가 보는 앞에서 그 애의 머리를 밀치고 휴대전화를 박살냈다. 지금 같으면 데이트 폭력이라고 확신하지만, 그땐 '날 너무 사랑하는 그가 화가 너무 많이 난 나머지'란 말이 어느 정도 통하던 시절이었다. 하루는 그에게 이별 통보를 받은 J가 퉁퉁 부은 눈으로 집 앞에 찾아왔다.

"나 어제 차였어."

차이는 게 아니라 차는 게 당연했지만(그 놈의 울대를 걷어차도 모자랐다), 그 애는 차였고, 세상의 종말을 맞은 얼굴을 하고 있었다.

◦ 소울 다이브, 〈눈물이 말랐대〉, 2012

해줄 말이 없었다. 헤어지는 게 백 번 옳았지만, 그와 죽고 못 산 지난 시간에 평가조의 말을 붙이는 건 옳지 않았다. 대신 물었다.

"밥은 먹었어?"

고개를 젓는 친구를 데리고 동네 단골 식당에 가 제육볶음을 시켰다. 매콤한 맛보다는 달콤한 맛이 강한 제육볶음. 단 음식을 좋아하지 않는 내겐 케이크 한 조각처럼 기분 전환이 되는 메뉴였다. 처음엔 숟가락 들 힘도 없어 보이던 친구는 밥이 줄어들수록 생기를 찾았다. 역시 빈속엔 밥이고, 시련엔 단 맛이다. 말끔히 해치운 밥그릇이 무안한지 그 애가 웃으며 말했다.

"나 그 사람 없어도 살 것 같아."

그렇게 기운을 찾은 다음날, 친구는 그 남자와 화해했다. 이게 무슨 개똥같은 전개냐 싶겠지만, 우리는 모두 이런 개똥같은 전개의 연애를 했다(누군가는 여전히 하고 있고). 그 남자와의 연애에서 잠시 방전됐던 친구를 다시 일으킨 건 내 의도와 달리 제육볶음이었다. 적잖이 허무했지만, 당사자가 자신의 연애에 쏟을 에너지가 남아 있다니 별 수 없었다.

몇 달 후엔가 끝이 보이지 않던 연애에 마침내 종지부를 찍은 날, 예상과 달리 울지 않던 J. 물론 울대를 걷어차도 시원찮은 전 남자친구는 한동안 그녀의 주변을 맴돌았다. 갑자기 왜 이러냐고 묻고, 한 번 더 기회를 달라고 애원했다. 하지만 J는 흔들리지 않았다.

그 사람한테 흘릴 눈물은 이미 다 흘린 것 같다고 했다.

어느 겨울, 오랜 연애를 마치고 솔로가 된 친구들이 유난히 많았던 밤. 우린 이미 사랑이 끝나버렸는데 습관적으로 만나고 있는, 그러니까 의리 비슷한 것이 생겨버린 사이에서 먼저 헤어지자고 말하는 것이 얼마나 어려운 일인가에 대해 열띠게 이야기했다. 이름하여 '아주 오래된 연인들이 헤어지는 법'. 그 자리엔 스무 살에 시작해 첫사랑이라 부른 남자와의 연애를 끝낸 친구가 셋이나 있었다.

군대 가 있는 동안 매일 편지를 쓰는 순애보를 펼쳤지만 제대 후 변심한 남자친구에게 이별 통보를 받은 S, 시간이 지나도 관계에 확신을 주지 못하는 남자친구와 결국 헤어지기로 결심했지만 술만 마시면 습관처럼 전 남친에게 전화를 거는 C, 그리고 앞의 둘과 비슷한 기간 연애하고 헤어졌지만 지금이 너무나 '좋아 보이는' A. A는 난데없는 이별과 난데없나 싶은 이별에 힘들어 하는 둘과 달리 그야말로 화려한 솔로 생활을 즐기고 있었다. 정말 헤어질 '때'가 돼서 헤어진 덕분이라고 했다. 그래서 미련도 없고, 미안하지도 않아 마음이 가볍다고.

"헤어져야지 생각하고 진짜 헤어지기까지 1년이 넘게 걸렸어.

내일 만나서 헤어져야지 생각하면 눈물이 나고, 헤어지자고 편지를 쓰다가도 눈물이 나는 거야. 꿈에서 헤어지자 했다가 잠이 깨서 엉엉 운적도 있어. 그렇게 헤어질 생각을 할 때마다 눈물이 나서 못 헤어졌는데, 어느 날 거짓말처럼 눈물이 안 나더라고. 그래서 바로 헤어졌어."

운명적인 상대를 만났을 때 그냥 지나치지 않게 스프링클러라도 터지길 기대하는 것처럼(영화 〈광식이 동생 광태〉처럼), 이 사람과 정말 헤어질 때가 되었다는 계시를 바랄 때가 있다. 이 사랑이 끝났다고 생각하는 게 혼자만의 오해는 아닐지, 지나가면 또 괜찮아질 권태기는 아닐지, 여름이 가면 가을이 와야 하는데(영화 〈500일의 썸머〉처럼) 이 사람이 이번 생에 마지막 연인은 아닐지 하는 두려움 때문이다.

떠나야 할 때가 언제인가를 분명히 알아 뒷모습은 물론이고 앞모습도 아름다웠던 A가 이별을 결심한 순간의 척도는 '눈물'이었다. 더 이상 흘릴 눈물이 남지 않았다는 건 이 연애에 더 이상 미련이 없다는 것이고, 상대에게 더 이상 미안하지 않다는 것이고, 이 연애가 끝나고 나서도 눈물로 밤을 지새지 않아도 된다는 의미였으니까.

다시 처음으로 돌아가서 노래 속 남자에게 하고 싶은 당부는 '갑작스런' 이별은 없다는 것이다. 상대가 해리성 장애를 갖고 있어 어제와 오늘의 인격이 다른 게 아니라면, 그녀의 이별 통보는 전혀 갑작스러운 게 아니다. 헤어지는 날 그녀의 눈이 텅 비어 있었다면, 그녀는 그동안 숱한 혼자만의 이별을 했고, 그 결과 이 만남에 쏟을 눈물을 다 흘려버린 것이다.

'사랑한다'의 반대말은 '싫어한다'나 '미워한다'가 아니라, '사랑했다'이므로. 눈물이 말라버린 그녀에게 '내가 잘 할게' 같은 말은 더 이상 의미가 없다.

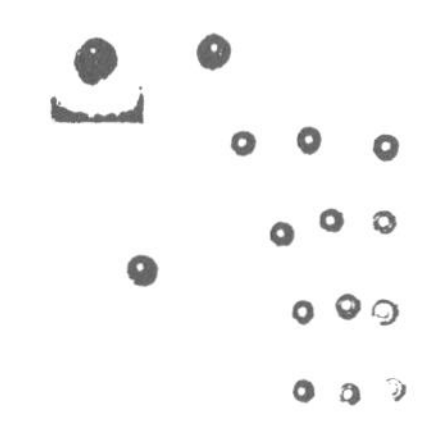

달 보러 가자

달을 보러 나갔다. 남편과 둘이 추리닝에 슬리퍼 차림으로 아파트 놀이터에 서서 밤하늘을 올려다봤다. 개기월식이 한창이었다. 동그라미 귀퉁이부터 시작해 점점 어둠 속으로 사라지는 달을 보며 나도 모르게 입을 오물오물 움직였다.

"뭐 해?"

"달 먹잖아, 냠냠."

웬 아재개그냐며 그가 코웃음을 쳤다. 그럼 좀 어때. 이 달밤, 좀 유치해도 좋지 아니한가.

개기월식을 본 건 이번이 처음이었다. 초등학교 때였나, 수업을 듣다 말고 운동장에 나가 개기일식을 본 적은 있다. 아마도 선생님은 우주를 향한 아이들의 호기심이 커지길 기대하셨겠지만 나는 사라지는 해를 보며 몸이 쪼그라드는 기분이었다. 대낮에 해가 사라지다니, 영 불길했다. 그렇게 일식에 대한 막연한 두려움은 월식으로 이어졌다. 구미호, 늑대인간, 드라큘라가 출몰하는 보름달도 무서운데 그 달이 사라지는 밤이라니, 대체 뭐가 튀어나오려 그러나 싶어 무서워졌다. 그러고 보면 어린 시절 나는 (무지한 동시에) 꽤 순진했던 것 같다.

오늘이 아니면 19년 뒤에나 볼 수 있다고 했다. 달과 지구의 거리가 가장 가까워졌을 때의 슈퍼문, 한 달에 두 번 뜨는 블루문, 개기월식으로 붉게 보이는 블러드문. 세 개의 보름달을 모두 볼 수 있는 밤. 여느 때처럼 침대에 늘어져 텔레비전을 보던 우리가 몸을 일으킨 건 '19년 뒤'란 말 때문이었다. 그때 우린 몇 살이지?

슈퍼문과 블루문, 블러드문을 모두 볼 수 있는 밤은 35년 만이라고 했다. 나는 두 달 뒤 세상에 나올 뱃속의 두 아이를 생각했다. 19년 뒤 이 아이들은 스무 살이 되겠지. 한 손으론 남편의 손을 잡고, 다른 한 손으론 배를 쓰다듬으며 소원을 빌었다. 결정 장애가 있어 생일 케이크의 초를 끌 때나 추석에 뜬 보름달을 볼 때, 성당이나 절에 들를 때마다 어떤 소원을 빌어야 할지 늘 난감했는데, 오늘밤은 슈퍼문 만큼이나 바라는 것이 밝고 선명했다. 두 아이의 행복.

우리는 '우주 테마'로 꾸며놓은 영유아 놀이터에서 35년만의 우주쇼를 보고 있는 유일한 관객이었다. 다른 사람들은 어디서 이 달을 보고 있을까 궁금해질 때쯤, 어둠 속에서 할머니와 청년이 등장했다. 두 사람은 우리보다 열 걸음 정도 앞에 서서 달을 올려다봤다.

한동안 몸서리치게 추웠던 날씨가 풀린 밤이었지만, 청년은 두 손으로 연신 할머니의 양팔을 쓰다듬었다. 궁금증이 일었다. 할머니와 손자인가? 아니면 어머니와 아들? 밖에 나가 달구경을 하자고 한 사람은 할머니일까, 청년일까? 할머니는 35년 전 지금 같은 밤하늘을 보셨을까? 이렇게 느지막이 집 앞에 나온 건 우리처럼 19년 뒤란 말 때문이었을까? 오랜 후 그날이 두 사람에게 어떤 의미일까 하는 생각에 이르자 코가 시큰해지고 눈가가 뜨거워졌다. 지금은 체온이 느껴질 정도로 가까이 서있지만, 언제까지나 함께 할 수 없음을 우리는 알고 있다. 청년이 19년 뒤에도 오늘처럼 달을 보자 하면 할머니는 웃어넘기시거나 이렇게 한 마디 하시겠지. 그때까지 내가 살아있겠나, 라고.

💧

고3의 봄. 교과서를 매직아이인 양 노려봐도 미래는 보이지 않던 시절. 자율학습 시간은 몽상과 공상의 연속이었다. 가끔은 애상으로 이어졌는데 나를 가장 심란하게 만든 건 할머니였다. 수십 년을 가루 두통약으로 버텼지만 그즈음 할머니의 두통은 머리를 싸매지 않으면 잠을 못 이룰 정도로 심해졌다. 하루 종일 비가 내리던 어느 오후, 나는 문제집을 덮어버리고 글을 쓰기 시작했다. 어린 시절 할머니와의 추억을 정리하며, 언젠가 맞닥뜨려야 할 이별을 부정하고 또 부정하는 글.

할머니는 이미 몇 해 전 영정 사진을 찍고, 수의도 맞춘 상태였다. 그리하면 부모가 더 오래 산다는 말을 듣고 온 고모가 평소 같지 않게 부지런을 떨었다. 효도라도 한 듯 뿌듯해 보이는 고모가 원망스러웠고, 좋은 수의를 맞췄다며 좋아하는 할머니에게 화가 났다. 좋아 봤자 수의지, 그때 가서 좋은 옷 입는 게 다 무슨 소용이냐고, 지금이나 좋은 옷 입으시라고 핏대를 세웠다. 그런데 토해내듯 연습장을 채워가며 글을 적다 보니 고모의 마음이 조금 이해가 됐다. 피할 수 없지만 가능한 먼 훗날로 미루고 싶은 마음을 담아 엄마의 사진을 찍고 옷을 맞췄으리라. 그렇게 쓴 글이 한 백일장에서 예선을 통과해 본선에 참가하던 날 새벽, 할머니가 돌아가셨다.

두 사람의 뒷모습을 보다 잡고 있던 남편의 손을 다시 꽈악 쥐었다. 35년 만의, 19년 뒤에나 다시 볼 수 있는 저 달이 그와 나란히 서 있는 이 시간을 특별하게 만들었다. 며칠 전까지만 해도 이가

덜덜 떨리는 추위에 겨울 한 계절쯤 사라져도 아쉬울 것 같지 않더니, 적당히 코끝이 시린 밤공기에 다시 겨울이 좋아졌다. 하여간 늦겨울 날씨보다 변덕스러운 마음이다.

"19년 뒤에 우리 애들은 스무 살. 그럼 우린 몇 살이지?"

우리의 대화는 달밤에 추리닝 바람으로 나서게 만든 질문으로 다시 돌아갔다. 마흔인 남편의 19년 뒤 나이를 계산하는 데는 2초도 걸리지 않았다.

"됐어, 말하지 마."

정답을 말하려는 순간 그가 입을 막았다. 그러면서 매일 공기가 이 정도로만 깨끗해도 너무 좋겠다고 했다. 화제를 돌리려 한 말이지만, 매일 아침 미세먼지 수치부터 확인하는 남자의 소원 같지 않은 소원이었다. 공기만 깨끗해도 너무 좋고, 달구경만 해도 너무 좋은 일상. 행복이 별건가 싶어 행복했다.

사후세계를 취재하며 쓴 가상 인터뷰집 《신의 축복이 있기를, 닥터 키보키언》에서 커트 보네거트는 자신의 삼촌 알렉스에 대해 이렇게 설명한다.

'그가 특히 인간 일반에 대해 못마땅하게 생각한 점은, 사람들이 행복할 때 행복하다는 걸 도통 깨닫지 못한다는 것이었다.'

무더운 여름철 사과나무 그늘에서 레모네이드를 마실 때면 그의 삼촌은 불쑥 이렇게 말했다고.

"이게 행복이 아니면 뭐가 행복이지?"

19년 뒤에 우리는 60세를 바라보는 중년이 돼 있을 것이다. 그때도 이 달밤을 함께 본다면 19년 전 우리 앞에 서 있던 할머니와 청년이 떠오를 것이다. 얼굴도 이름도 모르는 두 사람의 안부도 궁금해 하면서. 그리고 〈서른 즈음에〉보다 〈어느 60대 노부부 이야기〉가 더 절절하게 들릴 그때가 되면 수십 년 뒤 우리가 몇 살인지는 더 이상 궁금하지 않을 것 같다. 둘이 살기엔 더없이 좋았던 지금의 열네 평 임대아파트를 떠나 어디 어떤 집에 살고 있을지(그게 우리 소유일지) 알 수 없지만, 중요한 건 그와 내가 '함께' 한 곳을 바라보고 있느냐일 것이다. 누구에게나 끝이 있는 우리의 삶에서 19년 전에 본 밤하늘을 여전히 함께 보고 있다면, 그게 행복이 아니면 뭐가 행복이지?

수고했어, 오늘도

"안녕하세요, 잠깐 이야기할 수 있을까요?"

거리를 걷다 적어도 한 번쯤은 만나봤을 '도를 아십니까'. 나도 여러 번 마주쳤었다. 지나가다 봤는데 인상이 너무 좋다고, 얼굴에 조상 복이 많다고, 10분 정도만 이야기 할 수 있냐고 묻는 그 사람들. 처음 몇 번은 길을 묻는 사람인가 싶어, 한두 번은 내 연락처를 묻는 남자인가 싶어(잠시 설렜던 건 비밀이다) 발걸음을 멈췄는데, 지하철에서 내 양 옆에 앉아 30여 분간 조상 복에 대해 이야기하는 2인조를 만난 뒤로는 나도 그들의 얼굴에서 '도'가 보여 재빠르게 자리를 피했다.

그런데 그 '도인'과 2시간 가까이 대화를 나누다 남자친구와의 약속에 늦은 친구가 있었다. 여자친구가 늦은 이유를 들은 남자

친구는 전에 없이 화를 냈다. 늦잠이든, 교통체증이든, 차라리 다른 이유라면 이해가 되겠다고, 그게 뭐 하는 짓이냐고, 너 바보냐고. 그 말에 친구는 네가 못해주는 위로를 그 사람한테 받았다고 되받아쳤고 둘은 그 날 꽤 심각하게 싸웠다.

"요즘 뭐 하나 제대로 되는 일이 없었잖아? 그런데 그 사람이 요즘 하는 일이 잘 안 풀리지 않냐, 집에도 자꾸 일이 생기지 않냐, 다 아는 사람처럼 이것저것 묻더니 '잘못은 당신한테 있는 게 아니다' 하는 거야. 그 말을 듣고 나니까 계속 얘기하고 싶더라고."

이런 데다 써먹으라고 〈굿 윌 헌팅〉의 숀 교수가 '네 잘못이 아니야'라는 명대사를 남긴 게 아니거늘, 나쁜 사람 같으니. 다행히 친구는 '그러니 조상에게 제사를 지내야 한다'는 말에는 넘어가지 않았다. 처음엔 나도 결론이 뻔한 이야기를 두 시간이나 듣고 있었다는 친구가 이해되지 않아 나무랐다. 그런데 생각해 보니 그때 친구가 내게 듣고 싶었던 말은 그런 게 아니었다.

따뜻한 말 한 마디였을 거다. '너 정말 많이 힘들었구나', '그래 그럴 수도 있지' 같은 말. "너 왜 그 사람 말을 듣고 있었어?" 하지 말고 "그 사람이 어떤 말을 했을 때 마음이 움직였어?"라고 물을 걸 그랬다. "내가 남자친구라도 열 받겠다."라고 판정을 내릴 게 아니라 "오죽 답답했으면 네가 그랬겠니." 같은 위로를 했어야 했다.

은행에서 일하는 E는 하루에 많게는 100명 넘는 사람들을 상대하는데, 그 중엔 말만 들어서는 도저히 믿기 힘든 횡포를 부리는 사람들도 있다. 통화하느라 넘긴 본인 순서를 가지고 그 잠깐을 못 기다리냐며 화를 내기 시작해 급기야 울면서 본인 통장을 다 해지해 달라는 사람, "오래 기다리시게 해서 죄송합니다."라는 말에 그렇게 가식적으로 죄송하다 말하면 안 된다고, 보아하니 계약직 같은데 정규직 전환이 될 거 같냐고 하는 사람, 이렇게 적기만 해도 지치는 갑질의 향연이다.

10년 넘게 한 일이니 인이 박일 법도 하지만, 무엇을 상상하든 그 이상의 진상 앞에서는 암반수도 뽑아낼 깊이의 인내심도 금방 바닥을 드러낸다. 참다 참다 한 번씩 언짢은 기색을 하거나 잘잘못을 가리려 하면 고객 게시판에 바로 항의글이 올라온다. 그러면 윗사람이 호출하고, 불려갔다 오면 해당 진상, 아니 고객에게 전화해 죄송하다 읍소해야 한다. 전형적인 감정 노동자의 삶.

하루는 막무가내로 새 계좌를 만들어내라는 고객 때문에 혼이 나갔다고 했다. 만들 수 있는 계좌 개수가 제한돼 있어 더 이상 새 계좌를 못 만든다고 몇 번을 설명했지만, 그건 내 알 바 아니니 만들어 달라고, 나중엔 자기를 무시하는 거냐며 고래고래 소리를 지르고, 자리에서 일어나 명패까지 집어 던지던 고.객.님.

한바탕 소동이 지나간 후, 탈의실이든 화장실이든 가서 울고 오면 좋으련만 밀려 있는 대기자 수에 호출 버튼을 눌러야만 했다. 그런데 나이 지긋한 다음 손님이 앉으면서 나직한 목소리로 말했다.

"힘내요, 너무 속상하겠다. 지금부턴 좋은 일만 있을 거예요."

순간 삼키고 있던 눈물이 역류하듯 올라왔다. 볼을 타고 흐른 눈물이 턱 끝에 간신히 매달려 있는 게 느껴졌지만, 사람들의 시선을 끌까 닦아내지도 못하고 자판을 두드리고, 서류를 복사하고, 돈을 셌다. 손님은 자신과 눈이 마주치면 목구멍 밖으로 서러운 소리가 터질까 싶었던지, 일을 처리하는 동안 말없이 다른 곳만 쳐다보고 있었다. 창구에 앉아 우는 E의 눈물이 띄지 않게 가림막이 되어준 것인지도 모르겠다. 일어날 때까지 그 손님이 한 말은 "괜찮으니까 천천히 해요."가 전부였다.

E는 그 손님이 아니었다면 당장 다음날 사표를 썼을 거라고, "힘내요"란 한 마디가 그렇게 울컥 하는 말인지 그날 처음 알았다고 했다.

따뜻한 말 한 마디. 줄여서 '따말한'. 요즘 내게 따말한을 해주는 건 물티슈다. 계속되는 철야 육아에 잠을 재우지 않는 고문이 얼마나 사악한 것인지 뼈저리게 느끼던 즈음, 물티슈를 뜯다 뚜껑에 쓰여 있는 문구를 보고 멈칫했다.

'밥은 먹었는지, 잠은 좀 잤는지. 엄마는 오늘 어땠나요?'

아, 정말 듣고 싶었던 질문이다. 애들 안부보다 내 안부를 묻는 말. 밥도 못 먹고, 잠도 못 잤어, 혼잣말을 하다 코끝이 시큰해졌다.

'엄마로서, 아내로서 당신은 지금 이대로 충분히 괜찮아요.'

'사랑해, 라고 말해요. 엄마인 나에게도.'

'토닥토닥 오늘도 수고했어요.'

지금 이대로 충분히 괜찮다는 말, 나에게도 사랑한다는 말, 오늘도 수고했다는 말. 하나같이 너무 듣고 싶었던 말들이었다. 그 뒤로 새 물티슈를 뜯을 때마다 설레는 기분이 든다. 어린 시절 빵에 동봉된 스티커를 뜯어볼 때처럼, 뽑기 기계에서 나온 캡슐을 열어볼 때처럼. 이번엔 또 어떤 말이 쓰여 있을까.

며칠 전에는 숙소 예약 사이트에서 온 광고 문자에 마음이 동해버렸다.

'여행을 꿈꾸시나요? 망설이지 마세요.'

이어지는 'OO 할인쿠폰이 함께 합니다'란 말이 하나도 고깝지 않은 걸 보고 알았다. 내가 얼마나 여행을 꿈꾸는지, 얼마나 망설이고 있는지.

요즘 자기 걱정을 가장 많이 해주는 건 대부업체라고 했던 선배의 말이 생각났다. 자기가 돈 때문에 힘든 건 어떻게 알았는지 혼자 힘들어하지 말고 연락하라며 정기적으로 안부를 묻는다며, 요즘 같은 세상에 이렇게 좋은 사람이 어디 있느냐며 까르르 웃었다. 선배의 말이 사회 풍자를 담은 유머만은 아니었던 것 같다.

세상 사람들 모두 정답을 알긴 할까
힘든 일은 왜 한번에 일어날까

나에게 실망한 하루
눈물이 보이기 싫어
의미 없이 밤하늘만 바라봐

작게 열어둔 문틈 사이로
슬픔 보다 더 큰 외로움이 다가와 더 날

수고했어 오늘도
아무도 너의 슬픔에 관심 없대도
난 늘 응원해
수고했어 오늘도°

물티슈 뚜껑을 열다 울컥하는 요즘, 노래가 히트한 당시엔 N포 세대를 위로하는 힐링송 정도로, 그러니까 머리로만 들었던 옥상달빛의 〈수고했어, 오늘도〉가 다시 들린다.

종종 내 지난 시간의 언행을 돌아보면 참 위로란 걸 못 하고 살았구나 반성하게 된다. 어쩐지 다정한 말은 낯간지러워서, 같이 울면 볼썽사나울 거 같아서, 그 와중에도 웃기고 싶어서, 같은 이유들로 "그게 울 일이야?", "너만 힘들어?", "배부른 소리 한다" 같은 말들을 아무렇지 않게 내뱉었었다. 나도 참, '그게 울 일이야'라니? 그게 울 일이지, 울고도 남을 일이지. '너만 힘들어'가 아니라 '너도 힘들구나' 했어야지. 배고파 죽을 것 같은 사람한테 배부른 소리나 한다고 하고. 진짜 배가 불렀던 건 나였나 보다. 인간관계에 배가 불렀던 거다. 마음으론 "아무도 너의 슬픔에 관심 없대도 난 늘 응원해"라고 말해주고 싶었는데 그러지 못했다. 따말한은 따말한인데, '따가운 말 한 마디'.

반성하고 있다. 그래서 내가 사랑하는 사람들이 지나가다 만난 도인의 말에 혹하지 않도록 따뜻한 말 한마디를 해주려고 한다. 오늘 당장, 퇴근하고 들어오는 남편에게 먼저.

"수고했어, 오늘도."

◦ 옥상달빛, 〈수고했어, 오늘도〉, 2011

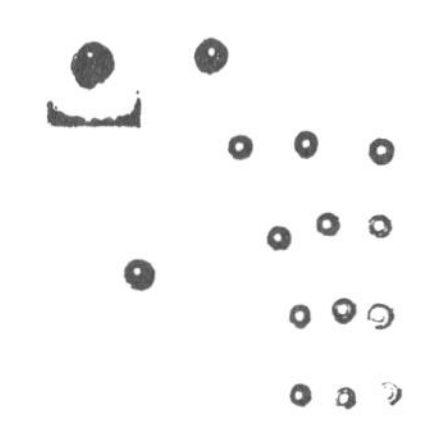

도대체 왜 우는 거야

요즘 태초의 소리에 둘러싸여 지내고 있다. 응애응애, 으앙으앙, 힝힝힝, 흑흑. 두 아이가 양보 없이 빽빽 울어댈 때는 양쪽 귀에서 소화전이 울리는 기분이다. 방향 감각이 흐려지고 뭘 해야 할지 도무지 판단이 서지 않는다.

조리원에서 나와 집에 온 첫날. 나와 남편은 밤을 꼴딱 샜다. 아이들은 갑자기 바뀐 환경 탓인지 계속해서 울었다. 젖을 먹이고, 기저귀를 갈고, 귓가에 쉬 소리를 들려주고, 안아서 좌우로 흔들어주고, 미온수에 씻기고, 할 수 있는 건 다 해봤지만 아이가 잠잠해지는 시간은 길어야 몇 분. 우는 아이를 보고 있자면 정말 내가 더 울고 싶었다.

분유 먹일 때 공기가 들어가면 배가 아프다던데, 배앓이 때문에 이러나? 차타고 올 때 머리가 흔들린 것 같은데, 혹시 '흔들린증후군'? 이렇게 괴로운 얼굴로 우는 걸 보면 '영아산통'일지도 몰라. 어디선가 들어봤지만 제대로 알지는 못하는 단어들로 머릿속이 어지럽다가 덜컥 겁이 났다. 갑자기 아이가 팔다리를 떨거나 몸을 축 늘어뜨리며 정신을 잃으면 어쩌나 하고. 전과만큼 두꺼운 《삐뽀삐뽀 119 소아과》를 뒤지고, 꼬리물기 하듯 검색을 이어가고, 남편과 머리를 맞대고 갖가지 추론을 해보지만 이렇다 할 답은 나오지 않았다.

새벽 여섯 시, 우리는 각자 아이를 하나씩 안은 채 절망스러운 표정으로 서로를 쳐다봤다. 남편이 길게 한숨을 쉬었고, 나도 덩달아 한숨을 쉬었다. ~~휴우우우우우우우~~. 그리고 텔레파시라도 통한 것처럼 동시에 뱉은 말.

"도대체 왜 그러는 거야?"

아이들이 도대체 왜 우는지, 우리는 정말 알고 싶었다. 아직 초점도 못 맞추는 아이의 눈동자를 한참 들여다보고, 아이의 입에 귀를 대고 있기도 했다. 애정을 쏟다 보면 화분과도 대화가 가능하다 믿는 사람으로서 귀를 기울이면 아이들의 마음이 들리지 않을까 기대하면서. 하지만 울음소리밖에 내지 못하는 신생아의 언어를 이해한다는 건, 처음 간 요가 수업에서 '내면의 소리'에 귀를 기울이란 말보다 더 막막한 것이었다.

정보의 바다를 허우적대다 마침내 손에 잡힌 지푸라기는 특정 욕구가 충족되지 않을 때 아이가 우는 소리에는 조금씩 차이가 있다는 전문가의 글이었다. 배고플 때는 짧게 울다가 멈추기를 반복하고, 기저귀가 찝찝할 때는 칭얼대며 짜증 부리듯 울고, 아플 때는 날카로운 소리로, 졸릴 때는 중얼거리거나 콧소리를 내며 운다는 것. 하지만 아이마다 성향도 다르며, 알아들을 수 없는 울음이 많다는 게 마지막 조언이었다. 결국 '지금 아이가 우는 이유는?' 하고 묻고 5지 선다형 객관식에서 답을 찾는 건 말도 안 된다는 뜻이었다.

불면의 밤이 계속되자 슬슬 아이들한테 화가 났다. 트림을 시키기 위해 등을 두드릴 때, 자장가를 불러주며 궁둥이를 토닥일 때 필요 이상의 힘이 들어가는 게 느껴졌다. 그러고 나면 이 작은 생명체한테 무슨 짓을 한 건가 싶어 아이를 꼭 끌어안고는 애걸했다. 제발 그만 좀 울라고, 울 거면 이유나 좀 알게 해달라고. 영화 〈그녀〉처럼 인공지능과 사랑에 빠질 날이 얼마 남지 않은 시대에 아이의 울음을 번역하는 기술 하나 없다는 게 답답할 뿐이었다.

아이들이 태어난 지 50일쯤 됐을 무렵, 그러니까 거울 속 내 얼굴에 다크서클과 입술 포진이 당연해질 즈음. 지역 보건소에서 나온 영유아 건강 간호사가 물었다.

"혹시 '퍼플 크라잉'이라고 들어보셨나요?"

처음 들어보는 말이었다. 보랏빛 향기도 아니고, 보랏빛 울음이라니. 아이가 얼굴이 붉으락푸르락해지도록 운다는 건가? 어쨌거나 어감부터 참 우울했다.

교육 자료 영상을 보니 퍼플(PURPLE)은 이 시기 아기의 울음 특징 6가지의 앞 글자를 따서 만든 단어였다. 생후 만 2개월 전후는 신생아가 가장 많이 우는 시기(Peak of Crying)로, 그 울음이 예측하기 어렵고 이유를 알 수 없으며(Unexpected), 아무리 해도 달래지지 않는데(Resists Soothing), 이때 아기는 통증이 있는 듯 고통스러운 표정으로(Pain-like Face), 최대 5~6시간까지 계속해서 울고(Long Lasting), 특히 저녁 시간에 더 자주 그런다(Evening)는 뜻이었다.

결론은 아이마다 정도의 차이는 있지만 이 시기의 아이들은 이유를 알 수 없이 많이 울며, 아이가 우는 건 부모가 잘못하거나 부족해서가 아니란 것이었다. '이 또한 지나가리라'와 '잘못은 당신에게 있는 게 아니에요', 아이의 울음이 자기 때문인 듯 자책하고 막막해하는 부모들이 간절히 듣고 싶었을 말이었다.

교육이 끝난 후 간호사는 간단한 우울증 테스트 후 기다란 종이 하나와 컵받침만 한 마그네틱 하나를 주었다. 종이에는 '아기를 즐겁게 돌봐요'라는 말과 함께 아기의 울음 때문에 상담을 원할 때 연락할 수 있는 전화번호가 적혀 있었고, 마그네틱에는 오늘 들은 이야기가 정리돼 있었는데 맨 마지막 문장은 '아이가 많이 울더라도, 절대 아기를 흔들면 안 돼요!'였다.

냉장고에 마그네틱을 붙이다 일전에 산후관리 시설에서 '100일의 기적'이란 제목의 글귀를 주고 간 게 생각나 함께 붙였다. 100일 이전의 아기가 자지 않고 우는 이유를 아기 시점(?)으로 적은 것인데, 마지막 단락이 다음과 같다.

'100일의 기적을 선물할 테니 기다려주세요. 아님 100일의 '기절'을 드리겠어요.'

웅녀가 동굴에서 마늘과 쑥만 먹으며 버틴 백 일. 그 백 일의 기적을 믿어보기로 했다.

◊

조리원에서 나와 불면의 금요일과 주말을 지나, 월요일 아침. 3주간 육아와 살림을 도와주실 산후관리사 선생님이 오셨다. 사실 처음 보는 사람과 한 공간에서 함께 아이를 본다는 건 상상 이상의 스트레스였고, 덕분에 시댁에선 해보지 않은 시집살이를 하는 기분이었다. 그럼에도 불구하고 의지할 사람은 그 분뿐이었다. 아이를 안으면 엄청나게 얇은 유리그릇의 귀퉁이를 간신히 붙잡고 있는 것 같았던 초보 엄마에게, 어떤 상황에서나 확신에 차서 말하는 10년 차 산후관리사의 말은 너무나 강력했다(그래서 힘들었지만).

나는 아이가 울 때마다 겁부터 먹었고, 어린양처럼 선생님한테 물었다. 방금 수유했는데 왜 계속 울까요? 기저귀도 깨끗한데 왜 울까요? 잘 자다가 왜 갑자기 울까요? 그리고 이어지는 자책. 제가 뭘 잘못했을까요?

마지막 날, 선생님은 나를 꼭 끌어안고 나서 마지막으로 해주고 싶은 이야기라며 말씀하셨다.

"아이가 울 때 그냥 울음소리라고 듣지 말고, 멜로디라고 생각해 봐요. 그럼 아이가 하고 싶은 말이 조금씩 들릴 거예요."

전에 없이 다정한 그 말에 '네,네' 하면서도 가슴 한편에 쌓여 가던 불신이 순식간에 녹는 듯했다. 이전까지 내게 아이의 울음은 '출동' 내지는 '비상' 같은 단어만 연상시키는 것이었다. 아이가 울면 뭔가 문제가 있는 거고, 나는 즉각 그 문제를 해결해야 하니까, 그래야 아이가 울음을 그치니까. 만약 라디오에서 아이의 울음소리가 나온다면 빛의 속도로 달려가 전원을 꺼버렸을 거다. 그건 선율이 아니라 소음이니까. 아이의 울음에 귀를 기울이고 아이가 하고 싶은 말을 이해하려 하기보단 최대한 빨리 아이의 울음을 그칠 수 있는 방법만 생각했었다.

100일의 기적을 몸소 체험하고 아이들이 태어난 지도 200일이 넘었다. 요즘엔 제법 아이들의 울음을 알아듣는다. 힝힝 소리를 내기 시작하면 밥 달라고 시동을 거는구나, 으응애 으으응애 하면 기저귀갈 때가 됐나 보네, 흥흥흥 하면 졸려서 잠투정하는구나 한다(물론 수유와 기저귀 교환 시간이 과학적(?) 근거가 된다).

영화 〈왓 위민 원트〉의 남자 주인공이 여자를 이해하게 된 과정처럼 어느 날 자고 일어났더니 아이의 마음이 들리게 된다면 정말 좋겠지만, 그건 아동 심리 전문가들도 백 퍼센트 확신할 수 없는 영역이니 포기. 다만, 자신의 딸이 무슨 생각을 하는지 너무 궁금했던 한 아버지가 〈인사이드 아웃〉을 만들어낸 것처럼 자세히 보고, 오래 보다 보면 아이들의 마음이 밖으로 어떻게 드러나는지 알게 될 거라 믿게 됐다. 힝힝힝, 소리가 들린다. 어디 보자, 지금 시간이? 이번엔 정확하다. 자, 밥 먹을 시간!

울음 반, 웃음 반의 장례식장

장례식장에 다녀왔다. 다녀와서 생각했다. 어른이 되는 일은 '조문을 가서 허둥대지 않는 것이다'라고.

가장 곤욕스러운 순간은 향에 불을 붙일 때다. 상주가 쳐다보는 가운데 향 끝에 불이 붙은 건지 안 붙은 건지 지켜보다 정작 불꽃이 보이면 이걸 입으로 불어 꺼야 하나 흔들어서 꺼야 하나 고민하다 허둥지둥 대기 일쑤다. 향을 꽂다 국화를 발견하면 또 고민된다. 이건 어째야 하나? 한 예능 프로그램에서 국화를 화로에 꽂은 조문객 이야기로 폭소하던 장면이 떠올라 뻗었던 손을 얼른 거둔다. 고인에게 절은 두 번. 매번 속으로 한 번, 두 번을 세며 몸을 숙였다 일으킨다. 여기까지 무사히 마쳤다 싶지만 상주와 마주하면 다시 머릿속이 하얘진다. 이번엔 절 한 번이지, 그래, 산 사람에게는 한 번.

오늘은 집을 나서기 전부터 작은 전쟁을 치렀다. 왜 나의 옷장에는 그 흔한 까만 원피스나 정장 바지 하나가 없는지, 조문 갈 일이 생길 때마다 한숨부터 나온다. 까만 블라우스가 보여 집어 들었는데 목 부분이 휑하다. 이래도 괜찮으려나? 그렇다고 이 한여름에 폴라티를 입을 순 없으니 그냥 입기로 했다. 아래는 뭘 입나? 청바지밖에 없는 칸에서 까만 스키니진을 꺼냈다. 그나마 밑위가 길다. 앉았을 때 속옷을 보이는 실례를 범하지 않을 정도.

위아래로 입고 거울 앞에 서니 또 한숨이 나왔다. 정말 이게 최선일까? 위아래가 다 까만데도 단정치 못한 느낌인 건 부스스한 머리 때문일까, 예의를 차리지 않은 민낯 때문일까? 하지만 오늘 안에 옷방을 빠져 나가려면 이쯤에서 타협해야만 했다. 이젠 양말을 신을 차례. 양말을 고르는 것도 골치다. 발목을 덮는, 아무 무늬도 없는 까만 양말이어야 한다.

○

큰고모부가 돌아가셔서 대구의 장례식장에 갔을 때다. 먼저 도착해 사촌들과 한창 이야기를 나누고 있는데 오빠가 들어왔다. 셔츠는 입고 나서 꿰맨 듯 꽉 끼는데, 바지는 펄럭거릴 정도로 통이 큰 힙합 스타일. 지금보다 덜 뚱뚱했던 시기의 셔츠와 지금보다 더 뚱뚱했던 시기의 바지가 만난 엉망의 조합. 오빠도 옷장 앞에서 꽤 오래 헤맸구나 싶었다.

그런데 여기까지는 예고편에 불과했다. 구두를 벗자 등장한 얇디 얇은 덧신! 볼이 넓고 등이 높은 발을 간신히 덮고 있던 그 덧신! 그만 웃어버릴 것 같아 눈을 질끈 감았다. 그리고 입꼬리를 최대한 아래로 당긴 채 슬픈 생각을 했다.

이날 상갓집에 신고 가지 말아야 할 건 발가락 양말만이 아니란 걸 알았다. 발목 양말이면 모를까, 이렇게 아슬아슬한 덧신은 정말 아니다. 사촌들이 십수 년 만에 보는 오빠의 급격한 체중 증가를 신기해하는 동안 내 신경은 온통 오빠의 발에 가 있었다. 다음날 발인까지 자리를 지켜야 하는데, 양말은 당장 몇 시간도 버티기 힘들어 보였다. 결국 내 양말을 벗어 줬다. 오빠는 그렇게까지 이상한가, 라며 덧신을 벗어 줬고, 나는 그걸 무심코 받아 신고는 바로 후회했다. 이 감당하기 힘든 뜨끈뜨끈함이란. 내 표정을 본 오빠가 어깨를 으쓱했다.

"그래도 무좀은 없다."

💧

후배 아버지가 돌아가셨단 연락을 받고 급하게 빈소를 찾은 10년 전 그 날을 생각하면 지금도 낯이 뜨겁다. 다음 날이 발인이라

오늘밖에 시간이 없다는 과 선배의 말에 나는 우는 소리를 했다.

"근데 오빠, 오늘 제 복장이 너무 아닌데요?"

너무 창피해서 한동안 잊고 지낸 그날의 복장을 복기하면 다음과 같다. 상의는 그냥 초록도 아니고 샛초록 스웨이드 점퍼, 하의는 손뜨개 수세미 소재의 짧은 캉캉 치마, 거기에 웨스턴 부츠. 나를 보고 눈시울이 붉어졌던 후배에게 지금이라도 사과하고 싶다. 난데없는 벌칙 같던 내 복장에 웃음을 참느라 힘들진 않았을는지. 조의금 봉투에 내 이름까지 적어 준 착한 선배에게도 너무 미안하다. 흑백 평면의 상갓집에서 혼자 컬러 3D로 동동 떠다니던 나와 있느라 많이 창피했을 거다.

그러고 보니 오늘도 부친상이다. 그날 내가 울렸는지 웃겼는지 모를 후배의 동기가 상주였다. 나를 본 후배의 얼굴이 벌겋게 달아오른다. 몇 년 전 결혼식 때, 입이 귀에 걸린 채 인사하던 게 마지막이었는데 오늘은 세상에서 가장 절망스러운 얼굴을 하고 있다. 금방이라도 털썩 주저앉아 울음을 터뜨릴 것 같은 표정.

세상에 '호상'이란 단어만큼 폭력적인 말도 없지만, 그나마 다행이라 여기며 갔던 자리다. 빈소가 마련된 곳은 요양병원 장례식장. 가족들이 어느 정도 마음의 준비가 된 것이려니 생각했다. 그런데 후배가 전해주는 아버지의 마지막은 급작스러운 사고였다. 모두가 어안이 벙벙하고, 황망하고, 야속한.

"어떻게 하냐. 그래도 기운 내라. 산 사람은 살아야지."

윤성희의 단편 소설 〈가볍게 하는 말〉에서 고모는 젊은 시절, 어머니를 잃고 넋을 놓고 우는 동료의 아들에게 그렇게 말했었다. 시간이 지나 할머니가 되었을 때, 고모는 그 순간을 후회하며 손자에게 말한다.

"그렇게 말해선 안 된다는 걸 그때는 이 할미가 몰랐단다. 그건 부끄러운 말이란다. 그건 예의가 없는 말이란다."

해야 할 위로의 말은 못 찾겠고, 해서는 안 될 말만 생각나 한동안 후배의 얘기만 듣고 있었다. 무안하지 않게 중간 중간 고개를 끄덕이거나 어깨를 토닥이면서.

상갓집에서 유족과 조문객의 대화는 대충 이런 식이다. 유족이 돌아가신 분의 삶을 요약하고, 떠나보낸 심경을 이야기하면 조문객이 위로의 말을 건넨다. 그리고 잠시 정적이 지나고 나면 서로의 근황을 묻고 답한다. 후배는 아내와의 결혼 생활이 자신에게 얼마나 힘이 되는지 이야기했고, 나는 너도 잘 아는 남자가 지금 차에서 쌍둥이들과 기다리고 있다고 알렸다.

육아가 힘들진 않냐고 묻던 후배가 갑자기 입꼬리를 씨익 올리며 말했다.

"하긴, 누나가 전부터 남자 후배들을 잘 키웠지."

평소 같으면 목을 졸랐을 언사이나 눈꼬리가 축축한 상주에게 그럴 수는 없었다. 돌려줄 말이 없어 주변을 두리번대다 후배의 아내와 눈이 마주쳤다. 아까부터 내 정체가 궁금했던 눈빛. 아, 저요? 아니에요, 아닙니다! 얜 저 말고 다른 누나가 있었어요. 것도 너무 오래 전 얘기죠. 물론 속으로만 생각했다.

할머니가 돌아가시고 상갓집이 울음 반, 웃음 반으로 채워진다는 걸 처음 알았을 때의 배신감은 실로 컸다. 특히 한구석에서 고스톱을 치며 신명 나게 탄성을 지르던 어른들은 할 수만 있다면 모포로 둘둘 싸서 엉덩이를 걷어차주고 싶었다. 어른이 된다는 것이 상갓집 한편에서 웃을 수 있는 것이라면 차라리 어른이 되지 않겠다고 다짐도 했다. 하지만 그로부터 10년이 지나 친한 친구의 할머니가 돌아가셨을 때, 나는 그렇게 이해 못하던 상갓집의 '웃음 반'이 되었다.

연인과 이별 후 더 이상 한국에서 지내기 힘들어 미국에 가겠다는 친구와 울며 헤어진 게 일 년 반 전. 할머니와 각별했던 그 애와 할머니의 장례식에서 재회하려니 만나는 순간 울음이 터지겠다 싶었다. 그런데 예상 외로 우린 울지 않았고, 꽤 담담하게 미국식으로 포옹을 나눴다. 떨어지고 보니 상복을 입고 있는 친구의 머리가 외국인의 그것처럼 샛노랬다.

"상중에 머리가 그게 뭐니? '미쿡'에서 와서 그래?"

그래도 상중인데, 이런 지적은 너무했나 싶어 눈치를 살피는데 그날따라 그 애는 나를 너무 살뜰히 챙겼다.

"가혜는 소맥이지?"

평소 좋아하는 주종이 소맥이긴 하나 상갓집에서 '소맥'이라니. 이전까지 상갓집에서 술도 마셔본 적 없는 나는 어른들 보시는데 뭐 하는 짓이냐고 손사래를 쳤다. 하지만 하지 말라면 더 하는 성격의 친구는 기어이 테이블 아래로 소주와 맥주를 섞었고, 어느 순간 내 손엔 연노랑 빛깔 소맥이 들려 있었다. 그리고 그 맛은, 생각보다 맛있어서 괴로웠다.

그리고 이어지는 대화. 친구는 할머니가 암만 혈연 사이라도 돈 관계가 분명한 분이라 자기가 빌린 돈을 갚기 전엔 돌아가시지 않을 줄 알았다고 했다.(이거 웃어도 되나?) 그리고 보수적인 양반이 자기가 지금 외국인이랑 사귀는 줄 알면 깜짝 놀라시겠지 소리도 했다.(이거 정말 웃어도 되나?) 그러면서 자꾸만 테이블 아래로 소맥을 탔다. 안 되는데, 자꾸만 웃음이 났다. 이럴 땐 달리 방법이 없다. 눈을 질끈 감는 수밖에.

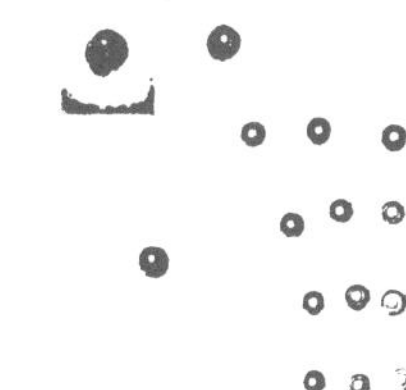

디어 마이 시스터, 디어 마이 브라더

응석이랄 게 없던 둘째 조카가 동생이 생긴 뒤 하는 행동을 보면서 나는 이 세상의 '덕선이'들, 그러니까 둘째들에 대한 측은지심이 생겼다. 아이는 하루 종일 엄마를 졸졸 따라다니며 하나부터 열까지 해달라고 했고, 갓난아기를 보기에도 손이 모자랐던 새언니는 참다못해 화를 냈다. 그러면 아이는 옆에서 해맑게 배를 뒤집는 동생을 원망스럽게 바라보며, 화를 내고도 기분이 안 좋아진 엄마의 눈치를 살피며 뚝뚝, 닭똥 같은 눈물을 떨궜다.

저대로 두어도 괜찮을까 걱정이 된 건 폭식 때문이었다. 오랜만에 함께 하는 가족식사 자리, 샤브샤브를 먹는데 아이가 5초에 한 번씩 고기를 삼켰다. 복스럽게 잘 먹는다는 말이 도무지 나오지 않는, 안쓰럽다 못해 기괴할 정도의 속도.

허기가 졌을 거다. 태어나서 6년 평생을 집안의 막내였던 아이 앞에 어느 날 엄마 아빠가 웬 아기 하나를 안고 들어온 날의 충격이란. 먹어도, 먹어도 채워지지 않는 커다란 구멍을 만든 것 같았다. 세상에서 제일 사랑하는 엄마는 자신과 눈 마주칠 틈도 없이 아기만 챙기고, 자기한텐 못되기가 이를 데 없던 언니는 같이 산 지 얼마 되지도 않은 아기를 귀여워한다. 그나마 자기편을 들어주는 아빠는 거의 집안에 없는 상황. 그러고 보니 못 본 새 손톱 깨무는 버릇도 생겼다.

나는 조카의 손을 잡고 말했다.

"천천히 먹어. 조금 먹으라는 게 아니야, 너 먹고 싶은 만큼 먹을 수 있으니까 천천히 먹자. 그러다 체할라."

아이는 정말 착하게 "네."라고 대답했지만, 먹는 속도는 이내 빨라졌다. 식탁 위의 경쟁자 한 명이 기권했음을 알리며 조카 앞에서 젓가락을 내려놓고 아이를 지켜봤다. 새언니가 그릇에 고기를 덜어주고 잘라주는 속도에 비해 아이가 고기를 집어 먹는 속도가 훨씬 빨랐고, 아이는 엄마가 등을 돌린 지 얼마 되지 않아 음식을 찾았다. "엄마 나 다 먹었어, 엄마 나 더 줘." 하면서. '엄마, 동생보다 날 더 사랑해줘'라고 할 순 없지만 음식을 더 달라는 말은 할 수 있으니까, 응석처럼 보이지 않으니까. 아이는 식탁에서 그렇게 빨리,

많은 음식을 해치우고 있었다.

어쩐지 밥이 넘어가지 않던 그날의 식사 후, 한 드라마 주인공이 밥상 앞에서 설움이 터진 장면을 보고 둘째 조카를 떠올렸다.

아침 식사 자리. 첫째가 밥상 앞에 앉으며 으레 그랬듯 엄마를 찾는다.

"엄마, 나 계란 후라이!"

첫째기도 하거니와 과외 공부 한번 안 시켰는데 우리나라에서 제일가는 국립대에 들어간 장한 딸. 게다가 성질머리도 사납다. 엄마는 얼른 엉덩이를 들어 계란 후라이를 부쳐 온다. 삼남매가 눈을 반짝이며 반기지만, 안타깝게도 곤궁한 살림의 단편적 증거로 달걀은 두 개뿐이다. 둘째인 주인공은 이런 상황이 익숙한 듯 양보한다.

"난 안 먹어도 돼."

계란 후라이는 빙산의 일각이었을 거다. 언니는 장녀에 서울대 어드밴티지, 동생은 막내에 아들 어드밴티지. 한정된 재화 앞에서 양보해야 했던 수많은 순간들이 있었겠지. 부모는 사람들한테 우리 둘째가 정말 착하다고 자랑한다. 그런데 그 착하던 딸이 마침내 폭발한다. 자기보다 3일 빠른 언니의 생일 파티에 늘 곁다리로 축하 받는 게 싫어 올해는 꼭 따로 해달라 부탁했건만, 올해도 어김없이 언니의 생일 케이크에 초만 바꿔 축하 노래를 부르려는 엄마 아빠. 자기가 만만하냐며, 왜 자기한테만 이렇게 함부로 대하냐며 그 동안 서러웠던 일들을 따진다. 자기도 계란 후라이 먹고 싶다고, 언니는 보라고, 동생은 노을인데 자기 이름만 촌스럽게 왜 덕선이냐고 악을, 악을 쓴다.

초등학생인 둘째 조카는 방학마다 여행을 가고 싶다고 노래를 불렀지만, 그때마다 새언니와 오빠는 덕선이 부모가 그랬듯 '다음번에'라고 말했다. 첫째는 입시를 앞두고 상전인 고3, 막내는 마트에서 인형 사달라고 드러눕는 일곱 살. 둘째는 엄마 아빠의 거짓말에도 화 한번 안 낸다. "다음번엔 꼭이야!"라고 할 뿐. 새언니와 오빠는 둘째가 착하다고 늘 대견해 하지만 옆에서 보고 있자면 저러다 언제 한 번 터지지 싶다, 우리 덕선이.

영화 〈레이디 버드〉의 주인공은 부모가 지어준 이름 대신 '레이디 버드'란 이름으로 늘 자신을 소개한다. 그녀의 꿈은 이 지역 출신이 아니면 있는지조차 모르는 새크라멘토를 벗어나 뉴욕에서 대학 생활을 하는 것이다. 그렇게만 되면 지긋지긋한 동네와 가족과도 작별할 수 있다. 철길 건너 구린 집과도, 실직 상태인 아빠의 낡고 커다란 차와도, 누가 봐도 입양아인 게 티 나는 인종이 다른 오빠와 동거녀, 그리고 무엇보다 애증의 잔소리꾼 엄마와도.

이 영화를 보고 후배 L은 극장에서 오열했다. 자신이 집을 떠나던 스무 살 시절이 생각나고, 엄마 아빠에게 못을 박았던 그날의 눈물이 생각나서.

L의 아버지는 공무원이었고, 어머니는 전업주부였다. 많은 부모가 그렇듯 두 분은 자식들에게 예체능의 길은 안 된다고 말했지만, 남매는 어려서부터 예체능에 관심도, 소질도 많았다. 둘 다 그림 그리는 걸 좋아해 사생대회에 나가 곧잘 상을 타왔고, 딸내미는 몰래 체육대회에 나갔다가 목덜미를 잡혀오기도 했다.

사람들이 충청도 어디쯤 정도로만 아는, 그것도 늘 청주에 밀려 헷갈리는 지역에서 살면서 L은 언제나 서울에서의 대학 생활을 꿈꿨다. 그런데 수능 시험을 마친 딸에게 부모님은 무조건 국립대에 가라고 했다. 이유는 오빠가 사립대에 다녀서 어쩔 수 없다고.

집안 살림이 빠듯해도 오빠는 하고 싶은 걸 다 하는데, 심지어 비싼 학비를 내고 다니던 학교도 그만두고 자기 하고 싶은 디자인 하겠다며 다시 입시 준비를 하는데, 자기는 무조건 국립대라니. 아빠가 방 벽에 붙여놓은 연예인 포스터를 찢어도 밤새 테이프로 다시 붙이면 그만으로 사춘기 시절을 무난하게 통과한 L이었지만, 전에 없던 반항심이 마구 뻗쳤다. 보란 듯 집에서 먼 다른 지방의 국립대들에 원서를 넣었고, 합격한 곳 중 집에서 가장 먼 대학에 등록했다. 연고 하나 없는 낯선 지역, 딸이 구한 하숙집 방에 짐을 넣어주다 아빠는 결국 눈물을 보이셨다.

"난 엄마 아빠한테 받은 만큼만 할 거라고 생각했어요. 그런데 지금 생각해보면 그때가 저한텐 트라우마로 남은 거 같아요."

언젠가 결국, 후배는 엄마에게 응어리진 마음을 비쳤다. "엄만 오빠만 좋아해."라고. 자리에서 그 말을 들은 엄마도, 나중에 그 말을 전해들은 아빠도 많이 우셨다. 이후로 어쩌다 집에 가면 두 분은 안절부절하며 막내딸을 챙기셨다. 그래서 더 집에 가지 않게 되었다. 생각보다 응어리가 쉽게 사라지지 않아서, 자신의 눈치를 보는 부모님이 불편해서.

후배의 말을 듣는데, 처음 듣는데도 불구하고 멜로드라마 속 삼각관계처럼 이야기가 낯설지 않았다. 서울에 있는 대학에 수시 합격하고도 축하 대신 엄마에게 "다른 데도 쓸 수 있지?"란 말을 들은 친구부터, 여자 직업은 교사가 최고라는 엄마의 조언대로 교대에 간 친구의 누나, 지금은 집 사정이 좋지 않으니 육지의 대학으로는 보내줄 수 없다는 부모의 말에 따라 지역 대학에 입학한 남편의 누나(남동생들은 둘 다 서울의 사립대에 갔다). 오빠에게, 남동생에게 양보해야만 했던 누이들의 이야기가 신파인 건 생각보다 너무 흔하기 때문이다.

나는 좀 특이한 경우였다. 내가 대학에 들어갈 때, 우리 집은 참 드라마틱하게 망한 상황이었는데, 나는 은행에서 가까스로 대출을 받아 등록금을 냈다. 나의 고모는 친아들보다 조카딸을 마음 쓰여 했고, 보통 사람이 성공하는 길은 학벌밖에 없다고 믿었다.

나보다 여섯 살 많은 오빠는 어렸을 땐 나를 무지막지하게 괴롭히는 악당이었지만, 어느 날 갑자기 철이 들더니 내 진로에 관한 일이라면 두 팔을 걷어 부치고 나섰다. 중3 때 서울에 있는 예고에 가고 싶다고 했다가 고모한테 밤새 두드려 맞을 때('글쟁이'는 고모가 생각하는 최악의 직업이었다) 옆에서 말리다 나보다 더 맞았고, 여자애가 집 나가면 못쓰는 거라고 지역학교 기숙사에 넣겠다는 고모를 말리며 좀 더 큰 도시로 유학을 보내주라고 설득하며 또 맞았다.

어린 시절 나는 오빠가 너무 너무 미웠다. 오빠한텐 닭다리와 생선 뱃살을 먹이면서 나에게는 목청 트인다고 닭 모가지를, 생선은 꼬리가 맛있다며 꼬리를 먹였던 할머니 때문이었다. 사춘기 오빠가 만만한 게 어린 여동생이라 장난으로 때리고, 장난이 아니게도 때려 몸에 멍이 들었을 때도 할머니는 "네가 잘못했겠지."라며 오빠 편을 들었다. 나는 친손자고 오빠는 외손잔데, 할머니는 늘 오빠만 좋아했다.

억울하고 서러웠지만, 오빠는 어렸을 때 몸이 약해 죽을 뻔 했고, 아무리 먹여도 뼈밖에 없는 건 사실이었다. 할머니가 밥상에서 차별할 때마다 서러워하며 나는 울었다. 하지만 나의 먹성은 그때나 지금이나 너무 좋아서 "안 먹어!" 소리는 절대 하지 않았다. 나의 설움을 아는지 모르는지 할머니 앞에선 온갖 응석을 다 부리는 오빠에게 복수할 날만 기다렸다. 오빠도 나 때문에 상실감을 느껴 봐야 했다.

복수의 날은 내 의도와 상관없이 빨리 찾아왔다. '큰물에서 놀게 해줘야 한다'는 오빠의 말 덕에 좀 더 큰 도시로 유학을 가 고등학교 생활을 하고 서울에 있는 대학에 합격했을 때, 오빠는 무척 기뻐했다. 그런데 내가 대학에 가고 얼마 지나지 않아 오빠는 장기 휴학 상태였던 대학에 자퇴서를 냈고, 어느 날 새언니는 내게 이런 말을 했다.

"오빠가 서울에 있는 대학에 다녔어도 어머님이 그만두라고 했을까?"

나는 지역 대학에 다니던 오빠가 빚더미에 올라앉은 가게를 물려받은 후 매년 수능을 보는 걸 보며 본인 말처럼 정말 '재미 삼아' 그러는 줄 알았다. 그런데 오빠는 정말 대학에 가고 싶었던 거였다. 고모가 "학교를 그만 둘 순 없지."라고 말할 만한, 서울에 있는, 시골 어른들도 들어본 이름의 대학에.

얼마 전, 이제는 없어진 줄 알았던 호구 조사 종이를 조카가 학교에서 받아 온 날. 학력란에 '대학 중퇴'라고 써도 될지 한참을 고민했다는 오빠의 우스갯소리에 나는 웃지 못했다.

어쩌면 뻔한 이야기다. 부모, 형제가 있고, 자식 중 하나가 다른 형제에게 느끼는 열등감, 열패감, 소외감이란 건. 그리고 그와 꼭 붙어 다니는 미안함, 안쓰러움, 죄책감도 말이다.

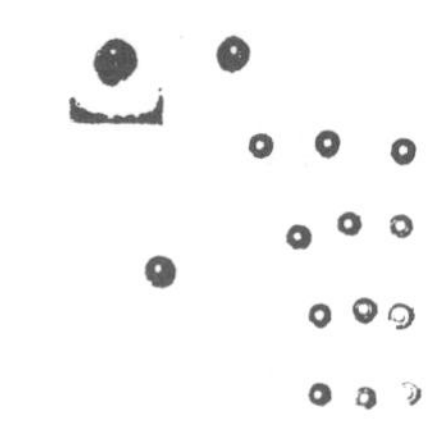

상처엔 상처로

고레에다 히로카즈 감독의 영화를 좋아한다. 가장 많이 본 작품은 비교적 최근에 개봉한 〈바닷마을 다이어리〉. 개봉 전 부산국제영화제에서 감독과 배우를 실제로 봐서인지, 복잡한 가정사를 다룬 영화를 편애하는 취향 때문인지는 확실치 않다. 어쨌거나 요즘도 채널을 돌리다 이 영화를 발견하면 엔딩 크레디트가 올라갈 때까지 채널을 돌리지 못한다.

오래전 집을 떠난 아버지의 부고 소식에 찾은 장례식장에서 이복동생 스즈를 만난 세 자매. 세상이 '불륜'이라 손가락질 하는 부모 사이에서 태어나 어린 나이에 엄마를 잃고 새엄마에게서 자란 스즈는 투정 따윈 모르는, 철이 들대로 들어버린 애어른이었다.

가정을 버리고 떠난 아버지와 뒤따라 자신의 인생을 찾아 집을 나가버린 엄마 덕분에 어릴 때부터 가장 역할을 한 첫째 사치는 그런 스즈에게 강한 끌림을 느낀다. 그리고 헤어지는 기차역에서 스즈에게 묻는다.

"우리와 함께 살지 않을래?"

그렇게 네 자매는 바다마을 카마쿠라에서 함께 살게 된다. 처음 본 이복동생과 처음 만난 날 함께 살기로 결심하다니. 영화 〈가족의 탄생〉에서 한국을 떠나기로 결심했던 선경이 졸지에 아버지가 다른 어린 남동생 경석의 보호자가 됐을 때만큼이나 놀라운 가족의 탄생이다.

상처가 많지만 사람들 앞에서는 늘 씩씩한 스즈의 모습은 대견하면서도 안쓰러운 구석이 있다. 좀처럼 속내를 드러내지 않는 스즈가 속마음을 솔직하게 이야기하는 장면은 딱 두 번 등장한다. 그것도 한 번은 집에서 매실주 한 잔에 취해서였고, 정신이 멀쩡할 때는 딱 한 번. 불꽃놀이를 마치고 돌아오는 전철역에서였다. 스즈는 어쩐지 함께 있으면 마음이 편한 축구부 친구 후타에게 묻는다.

"나 여기 있어도 될까?"

영문을 모르는 후타에게 스즈는 말한다.

"센다이에 있을 때도, 야마가타에 있을 때도 늘 그런 생각을 했어. 나의 존재만으로도 상처받는 사람들이 있다. 그런 생각 때문에 가끔 괴로워져."

처음 이 영화를 봤을 때, 눈물이 그렁그렁한 스즈의 눈을 보며 내가 저 상황에 있었다면 스즈에게 어떤 말을 해줬을까 고민을 했었다.

'스즈, 모든 존재엔 다 이유가 있는 거란다' 같은 케케묵은 위로만이 입안에서 맴도는데, 한동안 할 말을 찾던 후타가 마침내 입을 뗐다.

"나는 삼형제 중 막내야. 부모님은 내가 딸이길 바랐대. 근데 아들이 태어난 거지. 난 어릴 때 사진이 거의 없어."

그 말을 들은 스즈의 얼굴은 천천히 환해졌고, 나는 어리게만 보이던 후타의 의외의 면모에 감동받았다. 그리고 한동안 잊고 있던 위로의 진리를 되새겼다. 상처를 가진 사람의 고백에 내 상처를 고백하는 것만큼 강력한 위로는 없다는 것 말이다.

영화 개봉 후, 이 영화에 대한 이야기를 나누다가 함께 있던 두 사람의 가정사를 듣게 되었다. 한 사람은 자신이 스즈 같은 존재라며 형제 관계를 매우 덤덤하게 설명했고, 다른 한 사람은 아버지를 원망하게 만든 이복형제의 존재에 대해 고백했다. 갑작스러운 고백에 잠시 당황했지만 나는 후타에게 배운 대로 내 상처를 그들에게 보였다. 나의 아버지에게는 세 부류의 자녀가 있다고. 마지막으로 통화를 했을 즘엔 다문화 가정을 이뤘는데 친척들 말로는 '나의 막내 동생'이 매우 잘 생겼다고 들었다고. 후타에 비해 담백하지 못한 감이 있으나 그게 내 상처인 걸 어쩌겠는가. 그리고는 또 영화에 기대 이런 농담 반 진담 반의 고백도 했다.

"사람들 말마따나 내복이라도 사줘야 하나. 혹시 알아? 스즈처럼 사랑스러울지."

영화 리뷰로 시작해 가족사 고백으로 끝난 대화 이후 나는 두 사람에게 남다른 친근감을 느낀다. 〈바닷마을 다이어리〉의 영어 제목은 'Our Little Sisters'. 누구에게나 '우리의 동생' 같은 상처가 있다. 누군가 당신에게 상처를 고백한다면, 당신도 당신의 상처를 보여주길 바란다. 자신의 상처가 너무나 아프게 느껴진다면 다른 사람의 상처를 들여다보길 바란다. 상처엔 상처 만한 약이 없다.

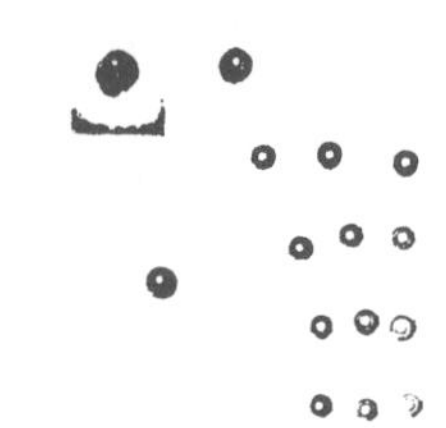

웃지 말고 들어봐

내겐 일상이었다. 한 아이가 투정을 부리면 다른 아이가 더 빽빽 우는 나의 현실. 오랜만에 집에 놀러 온 친구 Y와 수다 삼매경에 빠져 잠시 잊고 있었다. 하던 이야기를 멈추고, 한 팔에 하나씩 안아 무릎에 앉혀 놓고 달래봤지만 울음은 쉽게 잦아들지 않았다. 딸은 신경질적으로 뾰족하게 울었고, 아들은 뭐가 억울한지 목을 긁으며 울었다. Y는 아이들이 왜 이렇게 우는지, 자신이 뭘 해주면 좋을지 몰라 곤란한 얼굴이었다.

"애들이 왜 이렇게 울지? 가혜야, 내가 뭘 하면 좋을까?"

나는 괜찮으니 부엌에서 기다려달라 했다. 아이들의 낯가림이 한창인 때라 일단 낯선 사람과 분리하는 게 나을 것 같았다. 하지만 Y는 발걸음이 떨어지지 않는지 아이들과 눈이 마주치지 않게 등을 돌린 채 내 옆에 앉았다. 하, 아이들도, 친구도 내 맘 같지 않은 순간. 안 되겠다 싶어 아이들을 양팔에 낀 채 벌러덩 드러누웠다. 이럴 땐 같이 누워 재우는 수밖에 없다. 그때 Y의 얼굴을 보았다. 서러운 얼굴로, 코까지 빨개져서 우는. 맙소사, 여기 우는 애 둘에, 어른 하나 추가요!

"왜 그래, 넌 왜 울어?"

우는 어른 하나는 고개를 절레절레 하면서 웃다가 다시 울었다. 그러면서 연신 내 무릎을 문질렀다. 아픈 애 배를 문지르듯 쓰담쓰담. 아기와 엄마, 그리고 우는 친구. 묘한 기시감이 들었다. 분명 이런 상황을 전에 본 적이 있는데…… 아, 생각났다!

오랜만에 셋이 만난 자리였다. 영화 미술을 하는 O는 작품이 끝나고 간만에 친구들을 만나며 사람 구실(?)을 하는 기간이었고, 나는 마침 마감이 끝난 주였다. 우리는 독박 육아로 동네를 벗어나지 못하는 I를 위문하러 갔다.

셋이 모인 건 거의 일 년 만이라 할 이야기가 너무나 많았지만, 우리의 대화는 뮤직 페스티벌이나 야구장에서 하는 것보다 더 힘들었다. 한창 호기심이 많은 세 살배기의 저지레에 I는 한마디 하고 아이가 엎은 물을 닦고, 한 마디 하고 아이가 떨어뜨린 그릇을 올리고, 한 마디 하고 뜨거운 냄비로 뻗치는 아이의 손을 막고, 한 마디 하고 칭얼대는 아이를 안아서 달랬다. 그러는 사이 얼굴에서 점점 웃음기가 사라졌다. 아이 하나를 키우기 위해서는 한 부락이 필요하다고 하는데, 아이의 엄마가 친구들을 만나 자신이 하고 싶은 이야기를 온전하게 하기 위해선 몇 사람이 필요할까 생각했다. 하여튼 친구 둘, 특히나 육아 경험 없는 친구 둘로는 어림없는 일이었다.

뚝뚝 끊어진 이야기를 이어 보면, I는 아이를 키우면서 전에 몰랐던 행복을 느낀다고 했다. 삶의 소중함을 느끼고, 더 좋은 사람이 되어야겠다는 생각을 한다고. 몸과 마음이 지치지만 키우는 행복이 더 크다고. 친구는 분명 '힘들긴 하지만 행복해'라고 말하는데, 어쩐지 내 귀엔 '행복하긴 하지만 힘들어'라고 들렸다.

중간 중간 목소리가 자주 갈라지고 잔기침이 많기에 왜 그러냐고 물었더니 '성대결절'이라고 했다. 어마어마한 가창력의 가수들이나 일주일 내내 텔레비전에 얼굴을 비추는 방송인들이나 걸리는 줄 알았던 그 성대결절. 보통은 남자 아이 둘을 키우는 엄마들의 직업병이자 훈장 같은 건데 자신의 딸이 그만큼 에너지가 넘치는 증거라고 너스레를 떨었다. 평소 딸의 이름을 다정한 '솔' 음으로 부르는 애가 소리를 지르면 얼마나 지를까 싶었는데, 아이가 물컵을 다섯 번째인가 여섯 번째로 엎질렀을 때 생각이 바뀌었다.

노래방에서 양 목소리로 노래하는 내 친구가 그 사이 득음을 한 게 틀림없었다. 들어본 적 없는 사자후. 육아는 그렇게 무서운 거였다.

이어 아이의 울음소리가 방 안을 울렸다. I는 후회 막심한 얼굴로 우는 아이를 안고 달랬다. 엄마가 미안해, 정말 미안해, 라는 말을 반복하며. 곧 울어버릴 것 같은 얼굴이었다. 나는 어쩐지 머쓱한 분위기를 바꿔보려 친구를 놀렸다.

"이건 마치 지킬 앤 하이드의 한 장면 같은데? 행복한 거 맞지, 그렇지?"

I가 고개를 끄덕끄덕 하며 웃었다. 그런데, 이제 됐다 싶은 순간, 엄마도, 아이도 진정되나 싶었던 그 순간. 갑자기 별말 없이 이 상황을 지켜보던 O가 울기 시작했다. 이제 막 말문이 트인 애처럼 다른 말은 못하고 계속 I의 이름만 부르면서, 다리까지 구르면서.

애 둘과 어른 하나의 눈물바다가 정리된 건 남편이 돌아오고 나서였다. 아이들을 재우고, 부엌에 앉아 나는 Y에게 다시 물었다. 아니 근데 말이야, 나도 안 우는데 네가 왜 우니?

"모르겠어. 처음엔 그 작은 아이들이 우는 게 안쓰럽더니, 나중엔 애들을 안고 씨름하는 네가 너무 안쓰러운 거야. 아이들이 너무 너무 예쁘지만, 나한텐 네가 먼저잖아. 네가 힘들어하는 게 너무 안 돼서. 그래서 엄마들이 자기 자식이 낳은 딸을 보면서 우나 봐."

Y의 대답을 피식 웃고 넘겼지만, 말도 못하게 감동적이었다. 나한텐 네가 먼저라는, 자식을 보는 심정이었다는 말이.

Y는 대학 친구였다. 내가 술병이 나서 수업에 빠지면 도시락과 컵라면과 순대 한 봉지를 사들고 자취방에 오던 친구. 지금은 집에 박혀 아이들을 보는 내가 무심코 먹고 싶다 말한 모 마트의 피자를 사서 더운 날에 에어컨도 틀지 않고 한 시간을 달려오는 그런 친구다. 그나저나 그날, O도 그래서 울었나?

그날엔 자신이 왜 우는지 이유조차 모르겠다던 O는 수년이 지나 이렇게 말했다.

"엄마가 된 건 I가 처음이었잖아. 한때는 모든 걸 같이 하던 우리가 이렇게 달라졌구나, 세월이 무상하기도 하고. 아이를 보는 I의 모습이 낯설기도 하고, 대견하기도 하고. 이래저래 울컥하더라."

지난해 여름은 여느 해처럼 더웠는지, 여느 해보다 더 더웠는지 기억이 흐릿하다. 그 무더운 여름, 나는 길고 어두운 터널 속에 있었다. 임신 때문이었다. 임신이 되지 않아서였다. 병원에 가서 검사를 하고, 진단을 받고, 필요한 치료와 시술을 받고, 결과를 기다리고, 실망하는 과정에서 서서히, 아니 생각보다 빨리 지쳐갔다.

그때 H가 동네에 왔다. 이사를 가기 전까진 하루가 멀다 하고 만나 사이좋게 취하던 친구인데, 서울에서 고속버스로 세 시간 반 걸리는 지역으로 이사를 간 뒤엔 한 계절에 한 번 만나는 것도 어려워졌다.

두 달 전에 약속하고 기다린 만남의 날. 나는 가방에 지갑과 함께 선글라스를 넣었다. 보나마나 울 게 뻔해서였다. 처음엔 괜찮은 척 이런저런 우스갯소리를 하다 결국은 '근데 나 말이야……' 하며 마음 속 선인장을 꺼내놓겠지. 해가 중천인데, 울 데도 마땅치 않아 선글라스로 무장하기로 했다. 예상대로 시작은 일본 라멘과 생맥주를 앞에 두고 시시껄렁한 이야기에 웃었다. 그리고 남은 시간이 두 시간 남짓인 걸 확인했을 때 마침내 선글라스를 꺼내 썼다.

눈물병에 담아 재보진 않았지만, 그날은 나보다 H가 더 많이 울었다. 나는 선글라스라도 꼈는데 그 애는 맨 얼굴이라 눈물이 볼을 타고 흐르는 게 너무 잘 보였다. 나중엔 나도 선글라스를 벗고 둘이 정수리를 마주한 채 고개를 떨구고 울었다. 헤어지기 전엔 꼭 끌어안았는데, 우린 그때까지 코를 훌쩍이고 있었다.

내가 여자인 것에 감사하는 순간 중 다수는 여자들의 우정을 느낄 때다. 이 우정은 많은 순간 눈물로 끈끈해진다. 공감과 축하와 애도의 순간, 같이 글썽거리고, 같이 흘리고, 닦아주면서. 가끔은 다들 우는데 혼자 안 우는 누구에게 서운한 기억을 남기기도 하지만(내 이야기다), 본디 눈물이 없는 친구도 옆에서 휴지를 뽑아주든 어깨를 빌려주든 눈물이 멈출 때까지 자리를 지켜주며 우는 친구에 대한 예의를 다한다(또한 내 이야기다).

드라마 〈섹스 앤 더 시티〉에서 인생의 소울메이트를 만나는 게 왜 이리 어려운 일인지 토로하는 친구들의 손을 잡으며 샬럿은 말한다.

"웃지 말아줘. 난 우리가 서로의 소울메이트 같아."

감사하게도 나 역시 그런 부끄러운 고백을 하고 싶은 친구들이 있다. 나와 눈물로 함께 한 친구들이여, 웃지 마시라. 내겐 너희가 소울메이트다.

예쁘게 울긴 글렀다

초판1쇄 인쇄 2019년 6월 20일
초판1쇄 발행 2019년 6월 25일

지은이 | 김가혜

발행인 | 유영준
편집 | 오향림
일러스트 | 나수은
디자인 | 형태와내용사이
발행처 | 와이즈맵
출판신고 | 제2017-000130호(2017년 1월 11일)

주소 | 서울 강남구 봉은사로16길 14, 나우빌딩 4층 쉐어원오피스 401호(우편번호 137-879)
전화 | (02)554-2948
팩스 | (02)554-2949
홈페이지 | www.wisemap.co.kr

ISBN 979-11-89328-15-3 (03810)

이 도서의 국립중앙도서관 출판예정도서목록(CIP)은 서지정보유통지원시스템 홈페이지(seoji.nl.go.kr)와 국가자료 공동목록시스템(www.nl.go.kr/kolisnet)에서 이용하실 수 있습니다. (CIP 제어번호 : CIP2019022160)

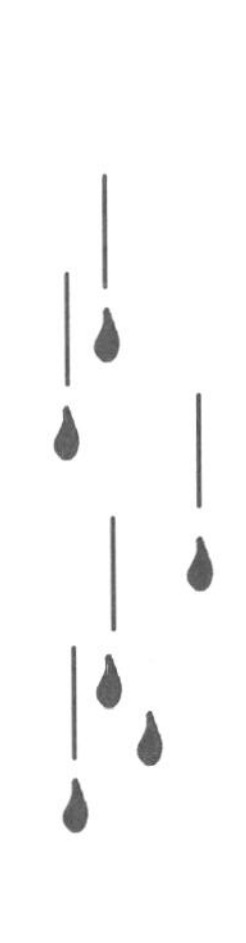